共和国的历程

坚强后盾

中国人民赴朝慰问团前线慰问志愿军

方士华　编写

蓝天出版社　吉林出版集团有限责任公司

图书在版编目（CIP）数据

坚强后盾：中国人民赴朝慰问团前线慰问志愿军 / 方士华编写.
—北京：蓝天出版社，2014. 1（2023.3重印）
（共和国的历程）
ISBN 978-7-5094-1090-5

Ⅰ. ①坚… Ⅱ. ①方… Ⅲ. ①革命故事－作品集－中国－当代 Ⅳ.
①I247. 8

中国版本图书馆 CIP 数据核字（2013）第 305414 号

坚强后盾——中国人民赴朝慰问团前线慰问志愿军

编　　写：方士华
策　　划：金永吉　荆忠峰
责任编辑：祖　航　孔庆春
出版发行：蓝天出版社　吉林出版集团有限责任公司
地　　址：北京市复兴路 14 号
邮　　编：100843
电　　话：010—66983715
经　　销：全国新华书店
印　　刷：北京柏玉景印刷制品有限公司
开　　本：710mm×1000mm　1/16
字　　数：69 千
印　　张：8
版　　次：2014 年 4 月第 1 版
印　　次：2023 年 3 月第 3 次
定　　价：29. 80 元

版权所有　翻印必究　如有印装质量问题，请寄本社退换

前　言

　　中华人民共和国自 1949 年 10 月 1 日成立以来，已走过了六十多年的风雨历程。历史是一面镜子，我们可以从多视角、多侧面对其进行解读。然而有一点是可以肯定的，那就是，半个多世纪以来，在中国共产党的领导下，中国的政治、经济、军事、外交、文化、教育、科技、社会、民生等领域，都发生了深刻的变化，中国人民站起来了，中华民族已屹立于世界民族之林。

　　这段时间放到整个历史长河中是短暂的，有如弹指一挥间，但它带给中国的却是极不平凡的。六十多年里神州大地经历了沧桑巨变。从开国大典到 60 年国庆盛典，从经济战线上的三大战役到经济总量居世界前列，从对农业、手工业、资本主义工商业的三大改造到社会主义市场经济体制的基本确立，从宜将剩勇追穷寇到建立了强大的国防军，从废除一切不平等条约到独立自主的和平外交政策，从"双百"方针到体制改革后的文化事业欣欣向荣，从扫除文盲到实施科教兴国战略建设新型国家，从翻身解放到实现小康社会，凡此种种，中国人民在每个领域无不留下发展的足迹，写就不朽的诗篇。

　　六十几年在历史的长河中犹如沧海一粟，但对身处其间的个人却是并非无足轻重的。其间究竟发生了些什么，怎样发生的，过程怎样，结果如何，非人人都清楚知道的。对此，亲身经历者或可鲜活如昨，但对后来者却可能只是一个概念，对某段历史的记忆影像或不存在或是模糊的。基于此，为了让年轻人，特别是青少年永远铭记共和国这段不朽的历史，我们推出了这套《共和国的历程》。

《共和国的历程》虽为故事形式，但与戏说无关，我们是想借助通俗、富于感染力的文字记录这段历史。这套丛书汇集了在共和国历史上具有深刻影响的重大历史事件。在丛书的谋篇布局上，我们尽量选取各个时代具有代表性的或深具普遍意义的若干事件加以叙述，使其能反映共和国发展的全景和脉络。为了使题目的设置不至于因大而空，我们着眼于每一重大历史事件的缘起、过程、结局、时间、地点、人物等，抓住点滴和些许小事，力求通透。

历史是复杂的，事态的发展因素也是多方面的。由于叙述者的视角、文化构成不同，对事件的认知或有不足，但这不会影响我们对整个历史事件的判断和思考，至于它能否清晰地表达出我们编辑这套书的本意，那只能交给读者去评判了。

这套丛书可谓是一部书写红色记忆的读物，它对于了解共和国的历史、中国共产党的英明领导和中国人民的伟大实践都是不可或缺的。同时，这套丛书又是一套普及性读物，既针对重点阅读人群，也适宜在全民中推广。相信它必将在我国开展的全民阅读活动中发挥大的作用，成为装备中小学图书馆、农家书屋、社区书屋、机关及企事业单位职工图书室、连队图书室等的重点选择对象。

编　者
2014 年 1 月

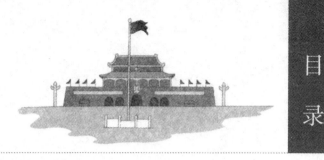

目录

一、 组团赴朝慰问

● 廖承志语重心长地对他说："咱们赴朝慰问团是由'国粹'和'国宝'组成的。"

● 金日成情意深长地说："为了欢迎中国人民的代表，很好地表述我此时的心情，请允许我用中国的东北话向大家讲话。"

● 廖承志坚决地说："慰问团这次到朝鲜，正是为了表现全中国四亿七千五百万人民的这种坚强意志。"

组织中国人民慰问团

1950 年 6 月 25 日，朝鲜战争爆发。

6 月 26 日，美国总统杜鲁门命令驻日本的美国远东空军协助南朝鲜作战，27 日再度命令美国第七舰队驶入基隆、高雄两个港口，在台湾海峡巡逻，阻止中国人民解放军渡海攻占台湾。

7 月 7 日，毛泽东下令部署河南的 3 个野战军三十八军、三十九军、四十军和黑龙江的四十二军向中朝边境集结。

同年 10 月 1 日，在国宴上，毛泽东提到出兵朝鲜的问题。周恩来说：

我们打算叫支援军，支援朝鲜人民。

毛泽东提笔将"支援"改为"志愿"，"中国人民志愿军"由此定名。

10 月 7 日，美军大举越过三八线，向平壤推进。

与此同时，中国人民解放军所属东北边防军改编为中国人民志愿军，为进入朝鲜境内作战做临战准备。彭德怀被任命为中国人民志愿军司令员兼政委。

10 月 19 日，中国人民志愿军第四十二军率先从辑安渡鸭绿江入朝作战。

10月26日，中国人民保卫世界和平反对美国侵略委员会成立。各行政区、省、市先后成立分会或将原有的保卫世界和平委员会、反对美国侵略委员会合并改组为抗美援朝分会。

11月4日，中国共产党和各民主党派联合发表宣言：

誓以全力拥护全国人民的正义要求，拥护全国人民在志愿基础上为着抗美援朝保家卫国的神圣任务而奋斗。

当天，全国自然科学联合会、全国科普协会、社会科学研究会、全国妇联、全国青联等人民团体分别发表宣言，拥护中共中央和各民主党派的联合宣言，号召广大群众积极参加抗美援朝、保家卫国运动。

11月27日，全国政协与各民主党派举行联席会议，于12月1日发出《关于各民主党派、人民团体对慰劳中国人民志愿军和朝鲜人民军运动的协议的通知》。

1951年1月22日，反对美国侵略委员会发出通知：

为了慰问在朝鲜前线英勇作战反对美国侵略的中国人民志愿军和朝鲜人民军，我们现在决定组织中国人民慰问团前往朝鲜去慰问，其组织办法如下：

（一）本会与首都各界及各地来京代表组成"中国人民慰问团总团"。各大行政区分会与各界组织慰问分团，每团人数以五十人左右为宜，由各地和大分会邀请各人民团体和其他各方面代表共同筹备，并推派代表和若干工作人员组成之。每团设团长、副团长、秘书长，以统一领导。

慰问团除了对前线指战员进行慰问工作外，并将实际地搜集关于中国人民志愿军和朝鲜人民军英勇作战的事迹和美帝国主义野蛮残暴的罪行及其外强中干的材料，回国后向各阶层人民作系统报导，以扩大抗美援朝的宣传工作，进一步提高全国人民反对美国侵略保卫世界和平的决心和胜利信心，扩大全国人民的爱国主义运动。

（二）各慰问分团请于二月十日到天津集中，以便与总团会合后一同赴朝，西北、西南如因路途遥远交通不便、时间短促来不及时，可自行斟酌少来一些代表和工作人员。

（三）各地分会所募集的并拟由慰问团携带的慰劳品和慰问信件、书报等，望尽可能于二月十号前运一部分到天津集中。所募集的捐款将由总会委托贸易公司统一购置慰劳品运去。

（四）望各大行政区分会即邀请当地各团体

及各有关方面进行筹备，并将筹备情形随时报告本会。

1951年4月，第一届中国人民慰问团正式组建完毕，这支宏大的赴朝慰问团团长是中共中央委员、宣传部副部长廖承志，副团长是陈沂和田汉。

赴朝慰问团由8个分团575名各界代表和文艺工作者组成，还携带了全国千千万万人民虔诚献赠的1093面锦旗、420余万元慰问金、2000余箱慰问品及1.5万多封充满深情的慰问信。

这些信件的内容极为动人和丰富。各界人民在信中写下了他们抗美援朝的决心和誓言，写下了他们对朝鲜前线军民的热爱、崇敬和支持。这些充满热情的信件，将极大地鼓舞中、朝人民军队和朝鲜人民。

慰问品中包括各种书籍画报3.7万余册，钢笔3.4万余支，铅笔1.9万余打，日记本1.13万余册，内衣、毛衣等9000余件，各种食品罐头10箱另7800余听，各种维生素、鱼肝油37.9万余粒、1400余瓶又5800余CC，各种表2300余块，打火机8000余只，各种香烟3300余听和1.07万余条。

慰问团跨过鸭绿江

1951 年，中国人民派出第一支赴朝慰问团。当时，根据朝鲜战地情况，决定多动员曲艺界的著名演员赴朝参加慰问演出，成立一个中国人民赴朝鲜慰问团曲艺服务大队，跟总团一起活动。

各地一些曲艺演员纷纷表示要求参加赴朝演出。连阔如、侯宝林、曹宝禄、常宝坤、高元钧、魏喜奎、良小楼、关学曾等数十位曲艺界的著名演员都来到这个大队，阵容空前。

大家情绪高涨，在积极准备赴朝的时候，有个别演员提出增发大衣的要求。廖承志得知这一情况，说发大衣的要求应引起我们的深思，不是不合理，而是到朝鲜去很危险，要下牺牲的决心，做"马革裹尸"的准备。

慰问团中包括全国各地区、各阶层、各党派、各团体、人民解放军和汉、蒙、回、维吾尔、哈萨克、土族各民族及台湾人民的代表，并有全国著名的劳动模范、教授、科学家、作家、诗人、画家、音乐家、演员和工商业家。

随慰问团前往朝鲜的文艺工作者共 210 人，其中有由北京、天津两地曲艺界中出色的民间艺人所组成的曲艺服务大队，自苏联表演归国的中华杂技团与国立音乐学院音乐工作团共同组成的文艺工作团，以及华东、中南、西南各分团所属的 3 个文艺工作队。慰问团的代表们来自全国各地，最远的新疆少数民族代表所走的路程达 0.6 万公里。

慰问团离开北京首都赴朝时，中国人民抗美援朝总会曾举行过盛大的欢送会。

该会主席郭沫若在致欢送词时指出：

> 慰问团赴朝的任务，首先是要将全中国人民对中国人民志愿军、朝鲜人民军和朝鲜人民的热爱与感激和全国人民抗美援朝的坚强决心，带到朝鲜前线去，鼓舞中朝战士和朝鲜人民更高的、持久不懈的战斗意志；然后再将中朝军民在前方英勇奋斗、艰苦斗争的光辉事迹和志愿军战士们对祖国人民的关怀与期望，带回祖国，传达给全国人民，进一步加强与深入抗美援朝的伟大爱国运动。

慰问团全体团员就是肩负了这样光荣的战斗任务前往朝鲜。

4 月 15 日，慰问团刚刚到达安东市不几天，美国飞机就野蛮疯狂地轰炸安东，慰问团驻地附近的民房被美机炸毁，群众也有伤亡。

轰炸结束后，中国著名相声大师侯宝林用廖承志的广东话向大家问道："在美机轰炸时，有丢帽子的没有？

组团赴朝慰问

丢帽子的请举手!"

大家对这个问题,丈二和尚摸不着头脑,无一人举手。正在你瞧我,我看你之时,侯宝林摘下自己头上的帽子自问自答地说:"你们看,这是我的帽子,美机轰炸时一直戴在头上,咱们在北京、沈阳听说,美机厉害得可以飞下来抓走人头顶上的帽子……"

侯宝林的话还没说完,全体人员哄堂大笑起来。

在安东市,团长廖承志作动员报告,副团长、总政文化部部长陈沂和周培源教授先后讲了话。

按计划 17 日晚乘汽车过鸭绿江,当天上午鸭绿江大桥遭敌机轰炸,但经军民奋力抢修,17 日深夜慰问团如期过了鸭绿江。

慰问团跨过鸭绿江的当晚,廖承志站在大桥北岸,目送曲艺服务大队的车队开上江桥。廖承志特意把记者刘大为叫到他的面前,语重心长地对他说:

咱们赴朝慰问团是由"国粹"和"国宝"组成的。"国粹"就是指各位代表,他们都是我们民族的精华,"国宝"就是你们团曲艺大队的这些演员。你们带领这些"国宝"跨过江,就到了朝鲜战场,情况就紧张了,一定要万分小心慎重。

说完,廖承志登上吉普车和大家一起渡过鸭绿江。

20 日晚，慰问团进入前线城市市边里。市边里在沙里院附近，是交通要道，已被敌机炸成一片废墟。敌机每天要轰炸数遍，慰问团的司机要趁照明弹落下时，发动汽车猛冲，方能躲过敌机轰炸。过了市边里，这才到了中国人民志愿军总部。

到了总部后，慰问团才得知第五次战役马上开始，部队的战前准备非常紧张。

汤铭和北京市工商联的汤绍远、天津市妇联的岳淑卿编为一组，前去慰问解放过宁夏的六十三军的志愿军指战员。

当时，汤铭 28 岁，在宁夏军区政治部任协理员，作为解放军代表，由宁夏军区派遣。

1951 年 1 月，宁夏派出了 4 名代表去朝鲜慰问，宁夏回族宗教界代表、宁夏省协商委员会副主席腾霭，民革宁夏省分部筹委会常务委员、宁夏省协商委员会秘书长雷启霖，宁夏省工会主席吴瑞旺和汤铭。

1 月 10 日，4 人由银川动身前往西安，在路上就走了 5 天。西北五省的代表在西安停留了两个月左右，在西安过的春节。

3 月上旬，"西北区团"更名为"中国人民慰问团西北分团"，西北局决定将宁夏省的代表名额减为两名，经协商决定，由雷启霖和汤铭作为宁夏代表参加西北分团。

西北分团团长李敷仁是陕西省民主人士。西北分团秘书长亚马是西北艺术学院党委书记。来自西北五省的

组团赴朝慰问

代表为团员，分团共 30 人左右。

3 月 20 日，各分团都到天津集中，组成"中国人民赴朝慰问团"。3 月底各分团分开走，4 月初汇集沈阳。到沈阳后慰问团又决定将各省的代表打乱重新编团，共编了 9 个分团，并决定一至六分团过江赴朝慰问，七、八、九 3 个分团到东三省慰问志愿军伤病员。

雷启霖编在七分团，到沈阳、吉林慰问伤病员。汤铭编在五分团，五分团主要是京、津两市的代表，分团长张明鹤是北京市公安局局长。

整编后分团在沈阳集训了半个月，主要是各分团组织学习，明确下达的任务，讲解注意事项。

各分团都配备了一支文艺演出队，北京、天津文艺界派出侯宝林、常宝坤等著名演员随团赴朝慰问演出。

汤铭在五分团担任分队长，同时负责保护地方人员的安全。汤铭后来回忆说：

> 我戎马一生，平生遇到的生死关头不少，但 46 年前参加首届中国人民赴朝慰问团的经历使我终生难忘。为了将在伟大的抗美援朝运动中，中国人民志愿军、中国各族人民保卫世界和平作出的巨大牺牲和贡献记录下来，留给后人，以史鉴今……

汤铭的话，是慰问团所有人的心声。

金日成迎接慰问团

1951年2月，有一批志愿军伤病员慰问团在慰问结束后，回到北京，他们紧接着就筹备参加"第一届中国人民赴朝慰问志愿军代表团"电影放映队。

这批慰问人员是在中国第一届慰问团出发之前被派去慰问的，当时，中方已经先后向战场后方派出过多次慰问人员。

那是1950年10月，抗美援朝保家卫国战开始了，中国人民志愿军雄赳赳气昂昂跨过鸭绿江，参加抗美援朝战争。

由于仓促应战，准备不足，很多部队刚从南方调到东北，还没有换棉装，穿着单衣就进朝作战，很多战士被冻伤，东北各地野战医院里集中了大量的志愿军伤病员。

1951年1月，国务院组成了以卫生部部长李德全为首的中央人民政府志愿军伤病员慰问团，赴东北各地慰问伤病员。随团要带一个放映组，总政就派宋冠英、宿增国等人参加。

出发前，周恩来在总政小礼堂接见全体成员。周恩来指示慰问团慰问伤病员应注意的事项，要了解问题，并帮助解决问题。

组团赴朝慰问

慰问团从北京出发后，不到 1 个月的时间，经过了沈阳、梅河口、磐石、吉林、蛟河、敦化、延吉、图们、汪清、牡丹江、滴道、鸡西、密山、勃利、哈尔滨等近 20 个县市。他们的主要任务是给伤病员放电影，带的片子是彩色影片《中国人民的胜利》、《钢铁战士》等，受到了伤病员和当地群众的欢迎。

为了使不能到放映场所看电影的重伤员也能感受到中央的关怀，慰问团把扩音设备拿到病房，给伤员放几张唱片表示慰问。李德全团长走到哪里，就把放映组带到哪里。

有一次，为了给当地群众放一场《中国人民的胜利》，又要按时赶到下一个放映点，当地政府甚至联系了铁路火车在当地多停了半个多小时，一直等慰问团放完电影，把机器装上火车才开车。

每到一地，慰问团的成员看到听到志愿军伤病员们的英雄事迹，都十分感动。当时，有百分之九十的伤员是冻伤，很多被截肢。

回到北京后，这批慰问团又接到任务，那就是跟随廖承志率领的中国第一届慰问团去朝鲜。他们二话不说，立即再次背上了行囊。

当时，慰问团共组织了 3 个放映组，所有代表成员公布于《人民日报》。

慰问团在北京成立之后，首先集中于沈阳，东北人民政府主席设宴招待全体慰问团成员，他说：

我作为东北人民政府主席也是志愿军后勤人员，欢迎大家。

　　接着，慰问团成员参观志愿军空军王海大队飞行表演，还在机场放了一场电影，是《新儿女英雄传》。

　　慰问团在沈阳住了两三天之后来到安东，对面就是朝鲜的新义州，大家都感觉到了战争的味道，时有防空警报拉响，还有美国飞机的轰炸。

　　接着，慰问团到了平壤附近的三登——志愿军的一个后勤部门。这个后勤部坐落在半山腰的一个大山洞内，原来朝鲜北部多山，矿产丰富，矿洞多，所以志愿军多数机关都在矿洞内。

　　当时，慰问团住在一位朝鲜老大妈家里，这位朝鲜大妈是被志愿军从敌人的枪口下救出来的。虽然大家的语言不通，但是从她的神情，可以看出她对志愿军的无比关怀与热爱。

　　第二天，慰问团来到一个距平壤不远的小山村，走进一个洁净的富有朝鲜民族风格的小院。在屋门口，一位身材魁伟的人民军将领迎接他们，跟每一个人握手，他用带着东北口音的汉语说："欢迎同志们！"

　　原来，他就是金日成首相。

　　长桌上摆着盛开的杜鹃花，慰问团分坐在长桌两旁，金日成坐在长桌的顶端，他情意深长地说：

组团赴朝慰问

　　为了欢迎中国人民的代表，很好地表述我此时的心情，请允许我用中国的东北话向大家讲话。

　　这不寻常的开场白立刻把大家的心拉近了，会场的气氛也活跃起来。

　　接着，廖承志发表热情洋溢的答词，及时地表达了大家的心意。廖承志笑着说：

　　我们今天来参加慰问的同志，文工团的同志来得不多，侯宝林是文艺界的代表，他来了，现在，我们请侯宝林表演个节目。

　　金日成带头鼓掌。

　　侯宝林站起来激动地说："我表演一段相声吧，《给杜鲁门画像》。"

　　侯宝林表演得风趣幽默，亦庄亦谐，既有辛辣，又不乏高雅的讽刺，大家听得开怀大笑。

向朝鲜人民军献旗献礼

1951 年 4 月 17 日，中国人民赴朝慰问团总团及直属分团全体团员在团长廖承志，副团长陈沂、田汉率领下，向朝鲜人民军最高司令部献旗献礼。典礼在极为隆重的气氛中举行。

慰问团团员们进入会场时，首先受到朝鲜同志们雷鸣般的掌声的欢迎。

典礼开始，廖承志团长致辞说：

> 朝鲜人民军和中国人民志愿军正在并肩进行一个神圣的正义战争，以便彻底打败共同敌人美帝国主义。朝鲜人民有着英明的金日成将军的领导，有着英勇善战的人民军，有着中国、苏联和全世界人民的援助，一定可以把美国侵略者赶出去！

接着，廖承志传达中国人民抗美援朝的决心说：

> 中朝人民共患难、齐斗争，已有长久的历史。我们中国人民一定用一切力量支援你们，直到朝鲜完全解放。让我们团结得更紧，向最

组团赴朝慰问

后胜利前进！

廖承志的致辞获得了全场经久不息的掌声。

接着，慰问团副团长、中国人民解放军代表陈沂致辞，他在致辞中表达了中国人民对于他们亲密的战友朝鲜人民军的深深的敬意和关切。他说：

朝鲜人民军和中国人民解放军一样，都是来自人民、保护人民利益，因而获得人民全力支持的军队。在这样的军队面前，是没有克服不了的困难，没有战胜不了的敌人的。

陈沂的讲话也受到在场人员的热烈欢迎。

进行献旗献礼时，廖承志、陈沂正副团长将数十面锦旗和数十箱礼品献给朝鲜人民军总政治局代表金载郁、金日两位将军。

慰问团总团的巨幅锦旗上面绣着：

你们英勇奋战，使美帝国主义认识到亚洲人民的伟大力量。我们中国人民将继续支援你们，彻底战胜美帝国主义！

当这幅锦旗在台上展示时，全场立即爆发出了暴风雨般的经久不息的掌声和欢呼声。

廖承志、陈沂正副团长，和朝鲜人民军总政治局代表金载郁、金日在雷动的欢声中紧紧拥抱，全场起立欢呼"万岁"不已。

接着，金载郁将军代表朝鲜人民军最高司令官金日成将军及人民军全体指战员，对中国人民的伟大友谊表示感谢。他坚决表示：

> 朝鲜人民军与中国人民志愿军将更好地协同作战，彻底战胜美帝国主义的侵略，来回答中国人民的热烈支援！

会后，朝鲜人民军最高司令部设宴招待慰问团全体团员。

组团赴朝慰问

廖承志在欢迎会上致辞

1951 年 4 月 19 日，中国人民赴朝慰问团廖承志团长率领慰问团总团及直属分团各民主党派、各人民团体及少数民族代表，向朝鲜民主主义人民共和国最高人民会议常任委员会金科奉委员长献礼致敬。

在这次会上，金科奉致欢迎词。金科奉对慰问团表示感谢，并强调了中朝兄弟般的友谊。他说：

敬爱的中国人民赴朝慰问团各位代表：

我谨代表朝鲜民主主义人民共和国最高人民会议常任委员会，衷心欢迎中国人民赴朝慰问团各位代表，并致热烈的祝贺。

伟大的中国人民派自己的优秀儿女到朝鲜战场，用自己的血帮助朝鲜人民的反美斗争。我通过你们向全体中国人民致以衷心的感谢。

朝、中两国不仅是兄弟的邻邦，而且两国人民也有反对共同的敌人、并肩作战的悠久革命友谊。朝、中两国人民战胜了共同的敌人日本帝国主义，战胜了美帝国主义走狗蒋介石反动派。朝、中人民以血结成的兄弟的友谊是坚固的。

金枓奉接着指出：

目前，中国人民热烈展开抗美援朝保家卫
国运动，帮助朝鲜人民反对美帝国主义侵略的
斗争，是完全正义的。今天，朝、中两国人民
的反美斗争，将保卫两国的自由独立，摧毁美
帝国主义称霸世界的野心，对全世界的和平有
所贡献。所以，朝、中两国人民受到全世界数
万万爱好和平人民的热烈支援。受到以和平堡
垒——伟大的苏联人民为首的全世界数万万爱
好和平的人民及伟大的中国人民的兄弟支援的
朝鲜人民，必定能击败敌人，保卫我国的独立
自由。

我保证将你们真挚的慰问传达给全体朝鲜
人民。

金枓奉的讲话结束后，会场响起了热烈的经久不息
的掌声。

接着，廖承志致献词说：

以中国共产党为首的中国各民主党派、各
阶层、各民族的代表，带来了全中国人民团结
一致抗美援朝直到最后胜利的决心与意志。慰

问团特代表全中国人民向金枓奉委员长和他领导下的朝鲜人民致敬。

金枓奉对于慰问团及中国人民的盛意表示衷心的感谢，并设宴招待慰问团全体团员。

4月20日，中国人民赴朝慰问团在朝鲜民主主义人民共和国临时首都平壤时，受到极为隆重而热烈的欢迎。

当天，朝鲜政府特别举行欢迎中国人民赴朝慰问团大会。慰问团总团及直属分团全体代表、文工团团员、工作人员等均应邀出席。

朝鲜方面出席的有政府各部门首长、朝鲜劳动党中央委员及各人民团体负责人、人民军战斗英雄及文化界代表等人。

中国、苏联及罗马尼亚驻朝鲜使节亦应邀与会。

朝鲜内阁文化宣传相许贞淑致开会辞。她代表朝鲜政府向中国人民及其英明的领袖毛泽东主席致敬致谢。她说：

在朝鲜人民爱国解放战争最紧急的关头，中国人民派遣了自己优秀的儿女组成志愿军来朝鲜援助我们；现在中国人民又派遣慰问团到朝鲜来，这给全朝鲜人民以很大的鼓舞，增强了他们对美国侵略者斗争的无比力量。

热烈的掌声停息后，廖承志团长继续致辞。他首先代表中国人民向英勇战斗的朝鲜军民及其英明领袖金日成将军致敬。他赞扬朝鲜人民在非常困难的条件下抗击疯狂的敌人的英雄行为，并指出：

这是在中国革命胜利之后，东方民族解放斗争中的又一次光辉典范。

廖承志向大会传达了中国人民抗美援朝的决心和意志。他说：

今天，中国人民抗美援朝的烈火正在全国各地蓬勃燃烧，中国人民誓以全力支援朝鲜人民的伟大斗争，直到把蓄意侵略中、朝两国的美国侵略军彻底、干净、全部地歼灭在朝鲜战场上为止！

廖承志在讲话的最后，坚决地说：

慰问团这次到朝鲜，正是为了表现全中国四亿七千五百万人民的这种坚强意志。

组团赴朝慰问

廖承志的讲话引起全场暴风雨般的掌声。

接着，伴随着雷动的掌声和欢呼声，在军乐声中两

国代表开始献旗献礼。

许贞淑代表朝鲜政府向中国人民领袖毛主席和慰问团献旗献礼。

廖承志代表中国人民向朝鲜政府各部门首长、以劳动党为首的朝鲜各民主党派及人民团体的负责人献礼。

会场自始至终充满了团结友好的热烈气氛。

会后，朝鲜共和国政府特设宴招待了中国人民赴朝慰问团总团及直属分团的全体团员。

谒见金日成

1951 年 4 月 21 日，中国首届赴朝鲜的慰问团谒见朝鲜人民领袖金日成将军。

当时，在场的有朝鲜内阁副首相兼外务相朴宪永，劳动党中央书记许嘉谊，朝鲜民主妇女同盟委员长朴正爱、人民军总参谋长南日及朝鲜内阁文化宣传相许贞淑。

中国驻朝鲜大使倪志亮将军亦应邀参加。

谒见礼开始后，廖承志代表中国人民向金日成将军献旗献礼。他在致献词时说：

> 中国人民的伟大领袖毛泽东主席曾说过，我们灿烂的红色国旗，是染有朝鲜革命烈士的鲜血在上面的。今天我们献给您一面鲜红的锦旗，是表示中国人民以自己鲜血洒在朝鲜抗美战场上为光荣，并准备以最大的决心，支援英勇的朝鲜人民军和中国人民抗美援朝志愿军，在朝鲜人民的伟大旗手金日成将军的指挥下，彻底打败美国侵略者，实现抗美援朝战争的完全胜利。

慰问团献给金日成将军的珍贵礼物中，有江西景德

组团赴朝慰问

镇工人烧制的金日成将军的磁像及重庆市女学生们以自己的相片、誓词与赞扬金日成将军的颂歌等编成的纪念册。

金日成将军接受了充满中国人民深厚情谊的珍贵礼物，随即设宴招待慰问团代表。金日成将军设宴并在宴会上致辞，他再次赞扬了中朝两国人民神圣而伟大的友谊。

金日成说：

> 我代表朝鲜民主主义人民共和国、朝鲜劳动党、人民军和全朝鲜人民，向中国人民赴朝慰问团团长及各位代表同志、先生致热烈的欢迎与感谢。
>
> 过去在日本帝国主义的长期统治下，朝鲜人民失去了祖国，我们曾在中国的东北和关内、和中国人民站在共同的抗日战线上进行斗争，得到中国人民各种援助与爱护。今天，当我们朝鲜人民处在祖国解放战争最艰苦的时期，中国共产党和各民主党派、人民团体派遣了自己的优秀儿女——中国人民志愿军来到朝鲜帮助我们，现又派遣了慰问团来慰问我们。朝鲜人民永远不能忘记中国人民对我们的这种国际友谊。
>
> 朝鲜人民坚信我们能够获得胜利。因为在

我们的背后有着四亿七千五百万中国人民作我们的后盾，并有以苏联为首的世界和平民主阵营的有力支援。

金日成在讲话中还说：

诸位这次来朝鲜慰问我们，更加强了我们的胜利信心，无论对我们的工厂、农村，特别是前线，有莫大的鼓舞。我相信胜利的旗帜，不久即将飘扬在全朝鲜的土地上。

我举起第一杯酒，为了慰问诸位的到来，为了我们的团结——这种团结象征着我们胜利的力量，为了全世界和平人类的领袖、领导我们进行解放斗争的斯大林大元帅的健康干杯。

金日成的讲话受到大家的热烈欢迎。

宴会在十分友好热烈的气氛中进行。共和国副首相朴宪永提议为中国人民的伟大领袖、朝鲜人民最亲密的朋友毛泽东主席干杯。

慰问团副团长、中国人民解放军代表陈沂提议为并肩作战、一胜再胜的英雄的朝、中人民军队干杯。

在宴席上，朝鲜民主妇女同盟委员长朴正爱，特别代表朝鲜妇女感谢中国的母亲们和妻子们把她们最亲爱的儿女和丈夫送到朝鲜来，支援朝鲜人民的解放战斗。

组团赴朝慰问

她提议为中国的妇女们干杯。

中国台湾民主自治同盟代表周明，代表在美蒋统治下坚持斗争的七百万台湾人民向金日成将军致敬。他说：

中朝人民军队的胜利，大大加强了中国人民、特别是台湾人民解放台湾的信心。

席间，宾主频频为朝鲜人民领袖金日成、中国人民领袖毛泽东、世界劳动人民领袖斯大林干杯，祝他们健康。

至此，中国慰问团走出了第一步，接下来等待他们的将是更加艰辛的考验。

二、 慰问前线军民

● 广场中的口号声响成一片，慰问团高呼："向英勇的中国人民志愿军致敬！"

● 慰问团的人员连声说："这真是中朝一家的具体表现。"

● 慰问团团员一致表示："回国以后，一定要更深入地进行抗美援朝爱国宣传，号召全国人民以更大力量支援前线，争取最后胜利早日到来。"

朝鲜军民热烈欢迎慰问团

1951 年 4 月，由中国人民抗美援朝总会派遣的、代表全国人民的中国人民赴朝慰问团及所属文工团等一行 575 人，在团长廖承志，副团长陈沂、田汉，秘书长李颉伯的率领下，分赴朝鲜前线和后方，慰问正在抗击美国侵略军的中国人民志愿军、朝鲜人民军与朝鲜人民。

慰问团于 4 月初抵达朝鲜，分为 8 个分团分赴前线和后方进行慰问。慰问团受到朝鲜军民和中国人民志愿军的热烈欢迎。

祖国人民慰问团来朝鲜的消息传到志愿军中，全体指战员无不欢欣鼓舞。他们就像是在战壕里传达捷报一样兴高采烈，大家一传十，十传百，从前方到后方，纷纷把这个喜讯传遍各个角落。

只要是从祖国新来一个人，志愿军的队员就相继打听："慰问团来了没有？"

早在一个月以前，听说慰问团已经到了沈阳，战士们都着了慌，他们说：

咱们蹲山头，吃炒面已经习惯了，绝不能让祖国来的代表们也同样风餐露宿。

前线的指战员们更是照顾周到，对代表们的安全特别注意，早就动员工兵队员把防空洞准备好了。有的部队的战士热情地跑回东北去买吃的东西；有些部队到朝鲜以来，一直是追击敌人，有时在收音机中听到祖国人民的声音，就欢欣若狂，有时候看到朝鲜人民房门口的对联或门牌上写着几个中国字，就从心底里高兴。

这次听说祖国人民派来了慰问团，他们感到十分高兴。许多指战员主动把自己住的房子腾出来，重新打扫一遍，又把炕席刷洗得干干净净，铺得整整齐齐，墙上都钉了一排钉子，准备给慰问团人员挂衣服用。

凡是在准备给慰问团住的房子周围，工兵都寻找最隐蔽的地方，挖掘了坚固的防空洞。他们根据自己在朝鲜和美国侵略军作战半年来的经验，挖掘比较安全的防空洞，既可以防御敌机的扫射轰炸，又可以避免汽油弹的燃烧。战士们挖好以后，还不放心，自己先用炸药炸上几次，然后土上加土，直到炸不透顶，战士们才认为尽了自己的心意。

有的管理员跑到平壤去买朝鲜的福字苹果，有的到元山买日本海中的新鲜海产品。住在当地的华侨，更把自己种的白菜和菠菜都拿了出来，表示他们热爱祖国的心愿。

朝鲜人民听说中国人民赴朝慰问团要来了，他们为了表达对中国人民的感谢和友谊，大人小孩通宵不睡觉，磨豆腐、做打糕、酿酸酒，准备接待远道而来的客人。

小学生们也都忙碌起来，学唱中国歌，练习朝鲜民间舞，准备精彩节目，欢迎中国人民赴朝慰问团。

4月14日傍晚，慰问团第四分团东分队来到志愿军在朝鲜前线东海岸的驻地，志愿军的指战员们都兴奋地列队出来欢迎。

当慰问团的同志风尘仆仆下车后，指战员们蜂拥而上，紧握着他们的双手，大家一肚子话却说不出来，只是互相"道谢"，并祝"身体健康"。炊事员更是热情地把火炕烧热，生怕祖国人民代表受冷受冻。

当时，全国各地人民捐赠给遭受美国侵略之害的朝鲜人民的大批救济物资，已源源不断地运到朝鲜。据朝鲜战区灾民救济委员会负责人说：

从二月一日到四月十五日的两个半月中，中国人民送来的救济物资计有：粮食五千六百吨、布匹三万五千匹、纱线八百捆、针二十五万枚、旧衣二万四千件、毛毯一万条、毛巾十五万条、棉花三万五千斤、慰问袋二万五千个、干粮七十二箱、猪肉二十车皮、香烟三万条。

这些物资还没有把最近中国人民赴朝慰问团带来的慰问品包括在内。

这些救济物资，正经过朝鲜战区灾民救济委员会陆续分配给遭受战争损害的城乡难民，产业、交通、邮电部门的工人，烈士家属和人民军伤病员。

领得救济物资的朝鲜人民热情地写信给中国人民和中国人民志愿军，表示他们的谢意和抗击美国侵略者的坚强决心。数以万计的感谢信，纷纷送到各道、市、县的人民委员会。

平壤市箕林里居民金根一等8人致信中国人民说：

> 我们和我们的家属由于美帝国主义的暴行而丧失了房屋和衣物，但是，我们政府的正确措施，使我们的生活得以重建；而在这时，你们送来的礼物，更给我们增加了极大的力量，加强了我们的胜利信心和复仇意志。

平壤市南门里的居民卢贞淑的丈夫在洛东江前线的战斗中牺牲了，她的房屋也全被美国侵略者烧光。她在领到中国人民的救济物品后写信给中国人民说：

慰问前线军民

> 每当我领到中国人民送来的东西时，我就想和你们紧紧地握手，向你们控诉美帝国主义的暴行。为了给我的丈夫报仇，为了我的孩子的未来幸福，我要和所有的军人家属一起，为彻底消灭美国鬼子而斗争到底。让我高呼："中华人民共和国万岁！""毛泽东主席万岁！"

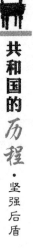

平壤市第四十人民学校的少年团员崔苻春在 4 月 7 日写信给中国人民志愿军的战士们说：

由于志愿军叔叔们的英勇斗争和中国人民的援助，我们才能在温暖的春天里继续学习。我们虽然不能和志愿军叔叔们一起手拿武器上前线，但是在后方一定要胜利完成我们少年团支援前线的任务。为了我们的共同胜利，祝志愿军叔叔们和伟大的毛主席永远健康！

中国人民赴朝慰问团就是受了全中国人民的委托，将这种感激与热爱的情意带给抗美前线的中朝战士和朝鲜人民，而到朝鲜去的。

慰问团在朝鲜历尽艰辛，积极地执行了祖国人民所委托的任务。他们在朝鲜前线、农村与工厂，受到了中朝人民部队将士和朝鲜人民的热烈欢迎。

他们不但带去了全中国人民的关怀与热爱，同时也把全中国人民抗美援朝的坚决意志与对抗美前线壮大无比的支援力量，带给了前方。

这是一个巨大的力量，这个力量大大鼓舞了中朝人民部队和朝鲜人民对抗美战争的胜利信心，并加强了他们更高的、持久不懈的战斗意志。

慰问团为志愿军演出

1951 年 4 月 15 日 19 时，志愿军某部在一个地形复杂的山谷中，举行联欢晚会欢迎慰问团。开始因为地方限制，准备在房间里开，连以上的干部参加，后来因为大家都想参加，便改在旷野开。

该部的文工团半年来都在参加战勤工作，没有动过乐器，为了欢迎慰问团，他们还要化装打腰鼓。

慰问团曲艺队魏炳山表演了西河大鼓说唱"战斗英雄董存瑞"。他提高了嗓门，一句接着一句唱，广场中的口号声响成一片，慰问团高呼：

向英勇的中国人民志愿军致敬！

志愿军接着呼应：

要争取更大的胜利，回答祖国人民的关怀与慰问。

慰问团的国术、相声、双簧表演，都得到战士们普遍的欢迎。由于部队住得分散，曲艺队的人员只能轮回表演，所到之处，欢声一片。但时间来不及，碰到不能

慰问前线军民

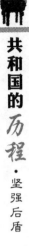

去的连队，战士们都来信要求慰问团去。

为了满足战士们的要求与希望，曲艺队辛苦地兜了一大圈，分别到各连队表演。

慰问团到了在四次战役龙头里阻击战中全团立功的一个功臣团，适逢这个团开庆功大会，功臣们要求慰问团的团员出席并讲话。

慰问小组在该部各单位的欢迎大会上代表全国人民向该部献旗、献慰劳品，并向到会者报告全国抗美援朝运动的情况，随团曲艺组也在会上表演了曲艺节目。

该部战士们围绕代表们的报告与曲艺节目《董存瑞舍身炸碉堡》进行讨论，纷纷表示坚决学习董存瑞不怕牺牲、歼灭敌人的榜样。

当天津特等劳动模范王福元讲完祖国的生产建设和在全国各地热烈展开的抗美援朝运动时，全团 400 多位功臣都站起来宣誓表示决心，要求上级给予新的任务，全部歼灭美国侵略军，争取功上加功，回报祖国人民的关怀与热爱。

第二天，全团开军人大会欢迎慰问团，会议正在进行的时候，大雨倾盆，代表们不愿意为了听自己的讲话，让战士们受风吹雨打，提议结束大会。战士们虽然全身都淋湿了，但还坚持请代表们报告祖国的情况。

朝鲜小学生有从 15 公里以外赶来的，为欢迎慰问团唱歌、跳舞。小孩子的天真活泼和热爱中国的感情感动得慰问团的人员连声说：

这真是中朝一家的具体表现。

在慰问团带来的精神食粮中，战士们最感兴趣的是《解放军画报》和《人民画报》。他们争相传阅，最爱看的是祖国国防建设和志愿军作战的照片，以及国内抗美援朝活动的照片。

有一位从贵州来的战士说：

　　我们的画报比以前进步多了，我们就是需要这些精神食粮。

志愿军接受了慰问团的慰问以后，纷纷要把自己从战场上缴获的战利品送给代表们，特别是关于美军厌战情形的照片。

与慰问团告别的时候，指战员依依不舍地说：

　　告诉全国人民，我们的抗美援朝，就是为了保家卫国。我们在朝鲜经历了四次战役，清楚地看到，美帝国主义在朝鲜的失败是已经注定了的。我们不战胜美帝国主义侵略军，不解放全朝鲜，绝不回国。

来到朝鲜后的一天晚上，六十三军的首长派干部把

慰问前线军民

慰问团送到一八八师前线，让他们观看志愿军指战员浴血奋战的场景。

当五分团担任分队长的汤铭看到战士们与敌人殊死搏杀和他们压倒一切的英雄气概时，这个1938年参加革命、从枪林弹雨中走过来的人，止不住热泪盈眶。而此时有的人已是泪如雨下泣不成声了。

慰问团和一八八师的指战员代表在一位朝鲜老乡的家里开了座谈会。战士们见到祖国的亲人来了非常激动，斗志空前高涨。

由于残酷的战争环境所限，慰问团去的地方不多，他们带去的祖国人民对志愿军战士们的关怀和祝愿指战员们多打胜仗、早日把美国侵略者赶回去的期望，都由各部队及时传达下去。各部队还把慰问团带去的各种慰问品送到了每位战士的手中，极大地鼓舞了战士们的士气。

志愿军战士的朴实与可爱给慰问团人员留下了深刻的印象，他们深切地感到，即使在朝鲜的日子再苦再累，也值得！

廖承志向彭德怀献礼

1951 年 4 月 30 日，中国赴朝鲜慰问团总团及直属分团特别访问中国人民志愿军领导机关，代表全国人民向志愿军首长致敬致谢，并献旗、献礼。

慰问团到志愿军总部之后，廖承志亲手拿出一幅装饰得非常精美的画轴，双手捧着献给彭德怀，微笑着说："这幅图画，是家母特意为彭总创作、绘制的礼品。"

彭德怀高兴地接过去说："谢谢！谢谢何香凝同志和全国人民。"

原来廖承志特意请他的母亲，辛亥革命老人何香凝副委员长，为彭总准备了这份珍贵的礼品。

接着，志愿军各首长分别向慰问团代表们报告志愿军英勇作战的光辉战绩。

慰问团的代表和志愿军的指战员们在山冈上的松林里，在山谷的草房中，亲切地交谈着祖国的新气象和抗美斗争的故事。

很多单位的战士翻越几座大山，走几十里路，赶来和慰问团的代表们见面。有的单位则冒雨远道赶来参加欢迎会。

战士们热烈地表示：

慰问前线军民

雨可以淋湿我们的衣服，可是浇不熄我们欢迎祖国人民代表的热情。

慰问团代表们的讲话使指战员们觉得似乎亲自看到了欣欣向荣的祖国，看到祖国汹涌澎湃的抗美援朝运动。某部"牛角峰英雄连"的代表许宝珩，要求代表们回国后转告祖国的人民：

我们坚决用解放全朝鲜的战斗行动来报答祖国同胞的关怀。

志愿军某部首长兴奋地感谢祖国人民和慰问团的关怀。他说：

我们是伟大的中国人民的儿子，我们可以告慰祖国的父老同胞：你们的子弟在美帝国主义侵略者面前从未低过头，而是拿中华民族不可轻侮的英雄气概战胜了敌人！我们一定要打败美国侵略军，彻底解放全朝鲜，使祖国人民能过安居乐业的日子。

战士们纷纷把自己的战斗决心用铅笔写在纸条上，送到代表们的手里。当代表们在志愿军某部八连时，该连战士们想着该送点什么礼物给代表们带回祖国去。

有一个战士忽然想起自己穿着一件缴来的美军绒衣，这是因为他身体弱，经上级批准由他留着穿的。他拿着绒衣羞怯怯地对一位代表说：

　　这是我亲手从战斗中缴来的，我没有别的东西送，就请你把这件绒衣送给祖国的兄弟们吧！

有的战士因自己没有预先准备一些战利品给代表们带回国去而感到遗憾。

志愿军领导机关在五一劳动节特别举行了 1000 余人的欢迎晚会。

志愿军首长分别向慰问团正副团长和新疆 13 个少数民族的代表扎克洛夫、上海工商界代表陈已生等，畅谈朝鲜战局，并对祖国人民的抗美援朝运动及生产建设表示深切的谢意与关怀。

慰问前线军民

慰问战斗中的朝鲜军民

1951 年 4 月底，朝鲜战场将拉开反击美军的第五次战役。为了鼓舞大家的士气，慰问团总团及直属分团在平壤期间，参加朝鲜人民军战斗英雄、工人、农民、妇女、青年、文艺界、教育界、医务界和工商界的座谈会；并分六个小组分赴平壤附近的工厂与农村，慰问战斗中的朝鲜人民。

在一个军团里，曾参加过抗联李红光支队的崔殷将军谈到中国时，沉思着说：

将来我一定要再到中国去一趟。

慰问团的人员说："对了，等朝鲜胜利后，你可以到北京、青岛去休养休养。"

崔殷笑了笑说：

不，我想去延安看看。我在延安挖了不少窑洞，做梦也想去看看这块培养过我的土地。没有中国共产党的胜利，朝鲜战争的胜利也不可想象。

慰问团的人员笑着说:"中国的胜利,你不是也有功?"

崔殷严肃地说:"志愿军在朝鲜才真有功呢!"

另一个军团的将领回想起他们和志愿军会师时,感慨地说:

> 我们的将士永远也忘不了那一天!那时候,我们一个师打到朝鲜的大南边,敌人从仁川一登陆,我们又奉金日成将军的命令,一路打回涟川一带。我们的干部很多是从中国回来的,我们就把中国的经验搬过来,建党,建立群众武装,开辟了根据地。当时听见敌人广播说:中国志愿军来了,也不敢信。后来又听老乡到处传说:北边来了许多部队,说话不一样。我们也不知道是些什么人。日里盼,夜里盼,到底盼着了那支冲风冒雪从中国赶来的志愿军!两方面一见,你抱我,我抱你,泪都流下来了,也不知说什么好。志愿军的同志看见我们隆冬风雪还穿着单衣,就把棉衣都脱下来,送给我们。

慰问前线军民

这种生死交情已经深深地刻在人民军将士的心里。难怪他们一见中国慰问团,比见到家人还亲。一个战士跑过来,握着慰问团人员的手,眼里闪着泪花,激动得

话都说不出。

另一个小战士给慰问团的一位女士敬个礼，掏出他最珍贵的日记本递过去，上面写着：

送给中国同志！

慰问团的其他 7 个分团，分别到前线和接近前线的中国人民志愿军与朝鲜人民军的各兵种部队、各后勤部门、民工大队及后方伤兵医院的驻地，向英勇的中朝军队的指挥员、战斗员、政治工作人员、后勤人员、民工和医疗工作者们进行亲切的慰问。

慰问团将携带的祖国各地人民捐献的大批慰问信、慰劳品与慰劳金赠送给志愿军指战员，并传达了祖国人民对他们的崇高敬意与深切关怀。

随团的文艺工作者们不辞辛苦，在敌机经常扰乱的情况下，仍为指战员们作了多次精彩表演。

祖国人民代表的亲切慰问，给了志愿军指战员们莫大的鼓舞，他们像对自己的亲人一样欢迎和接待祖国人民的代表，并赠送战利品给代表们作为纪念。他们纷纷给代表们写慰劳信和决心书，坚决表示要消灭更多的敌人，争取更大的胜利。

慰问团所到之处，都会响起战斗口号："为世界人民立功！为朝鲜人民报仇！为祖国人民争光荣！""不把美国侵略者赶出朝鲜决不回国！""用更大的胜利回答祖国人民的慰问！"

慰问团也以对志愿军同样的心情去慰问朝鲜人民军。在人民军各部欢迎慰问团的会场上，指挥员、战斗员们都兴奋得跳起来。他们高呼：

感谢中国人民对我们的援助！

在战斗中用血结成的朝中两国人民兄弟般的友谊万岁！

他们同样纷纷保证彻底消灭美国侵略者，报答中国人民对他们的支援。人民军近卫师团十八联队将代表团所献赠的慰劳金全部捐献给国家购买武器，充分表现出他们的爱国主义精神。

中国人民赴朝慰问团在朝鲜前线和后方曾见到和听到许多中朝军民英勇斗争的可歌可泣的英雄事迹，以及美国侵略者的种种滔天罪行。

慰问前线军民

慰问信鼓舞中朝官兵

1951 年 4 月底，中国人民赴朝慰问团代表全中国人民，给朝鲜人民军与中国人民志愿军全体指挥员与战斗员写了一封慰问信。

慰问团将慰问信印成小册子，送到中、朝人民军队指挥员、战斗员手中。该信起了很大的鼓舞作用。

慰问信中说：

英勇的朝鲜人民军和中国人民志愿军全体同志们：

当你们在朝鲜战场上痛击美国侵略者，取得震动世界的伟大胜利的时候，中国各民主党派各人民团体以及各界代表组织了"中国人民赴朝慰问团"，代表中国的广大人民，前来祝贺你们反对美帝国主义侵略的伟大胜利，并带来中国人民对你们崇高的敬意和亲切的慰问。

亲爱的同志们！在对疯狂的美国强盗作战当中，你们高度地发扬了革命英雄主义精神，不顾风雪严寒，不怕任何艰难困苦，冒着敌人猛烈的炮火，冲锋陷阵，奋勇作战，接连地打了很多胜仗，大量消灭了美帝国主义及其帮凶的侵略军队，重新解放了朝鲜大部分国土和城市。全中国人民的心都为你们的每一个行动所吸引，都为你们的胜利而欢腾。全世界人民都在为你们的正义事业而欢呼。

慰问信中还说：

亲爱的同志们！你们的胜利使全世界各国人民明显地看清了一个事实，这就是：世界上最强的美帝国主义在朝鲜战场上遭受了我们决定性的打击。这进一步证明了以苏联为首的全世界和平民主力量，大大超过了以美帝国主义为首的反动力量。

……

亲爱的同志们！我们已经取得了巨大的胜利，但彻底战败美帝国主义，取得朝鲜抗美战争的完全胜利，还需我们进行一个相当时期的艰苦的斗争。在你们继续对美国侵略军队作战当中，中国人民和全世界各国爱好和平的人民，都将继续全力地支援你们。中国人民为了支援和自己有亲密战斗友谊的邻邦，拯救朝鲜的人民免于灾难，巩固新中国的国防，争取人类持久和平，将更坚定地同朝鲜人民一起打击美帝国主义侵略强盗，尽一切努力继续支持你们的

慰问前线军民

作战，继续加深和扩大抗美援朝运动，直到把疯狂无耻的美帝国主义完全赶出朝鲜，不让它卷土重来。中朝人民与全世界人民力量的团结，是永远不可战胜的。

这封慰问信，给了志愿军与朝鲜人民军莫大的鼓舞。朝鲜内阁文化宣传相许贞淑在对新华社记者谈话时，首先代表朝鲜政府对中国人民赴朝慰问团的辛劳工作和中国人民送去的大批慰问品表示衷心的感谢。

许贞淑说：

中国人民慰问团的访问，使战斗中的朝鲜人民受到了莫大的鼓舞，加强了朝鲜人民的胜利信心。同时，也进一步巩固了中、朝两国人民的永恒友谊。

朝鲜人民军某部战斗英雄裴炳龙说：

中国人民慰问团来朝鲜，更加坚定了我对祖国解放战争的胜利信心。我坚信中、朝两国人民用鲜血凝结起来的团结力量，一定能够彻底打败美国侵略者。

煤矿工人李英根在慰问团代表与朝鲜劳动模范座谈

会上见到了中国著名劳动模范赵国有，他坚决地说：

> 我们决心把赵国有同志的斗争业绩当做我
> 们的榜样，争取超额完成采矿计划，支援前线。

朝鲜全国闻名的模范农民李华锡说出了农民们的感
想。他说：

> 中国人民慰问团不但给朝鲜农民带来了大
> 批礼物，并冒着雨到我们的农场来慰问。我将
> 以坚决拥护共和国政府的农业政策，多生产粮
> 食支援前线，来答谢中国人民。

平壤市民主妇女同盟委员长高英荀说：

> 当我们和慰问团的妇女代表见面时，像看
> 到自己的家人一样，彼此热情地拥抱。

她满怀信心地说：

> 中、朝两国妇女团结起来的战斗力量是不
> 可被战胜的。

朝鲜民主青年同盟盟员朴永华激动地说，朝鲜广大

青年每天在工作战斗之余，热心地收听北京的广播。他说，中国男女青年在中国人民革命的胜利斗争中所发挥的爱国主义精神，鼓舞着千万个朝鲜青年奔向祖国解放战争的疆场。中、朝两国人民和青年的友谊由于中国人民慰问团的到来而更加紧密了。

中国人民赴朝慰问团第四分团在慰问了中国人民志愿军某部之后，接到了该部全体指挥员和战斗员写给全国同胞的一封信。

这封饱含深情的信说：

祖国人民派来代表携带大批慰问金、物品、信件，并派文工队、曲艺队和电影队来慰问我们，我们全体指挥员和战斗员对于祖国人民这种热情的关怀，莫不兴奋鼓舞，我们谨向全国人民致以崇高的敬礼与万分的谢意。

五个多月以来，我们在朝鲜人民领袖金日成将军的领导与指挥下，从朝鲜的北部一直打过汉江。在历次战役中，我们全体指挥员和战斗员都表现得英勇顽强。在第一次战役中，我们坚守飞虎山五天五夜，打退了敌人成千人的数百次进攻。

在第二次战役中，该部冒着严寒风雪，翻越海拔400米的妙香山，勇猛追击，歼灭了美第二师第九团。缴获各种口径炮 184 门，汽车 600 余辆。

在汉江南岸 23 昼夜的守备战中，他们在高山峻岭上，爬冰卧雪，忍饥耐寒，以劣势武器重重地打击了美国侵略军。

战斗中许多干部、战士负伤数次不下火线，有的眼睛打坏了还向敌人投掷手榴弹。

在第四次战役中，仅该部就歼灭了美、李匪军 1.311 万人，缴获各种炮 200 门，各种枪 2030 支，汽车 808 辆，坦克与装甲车 15 辆。

他们在信中说：

> 我们知道获得胜利的原因，除了我们全体同志英勇奋战外，主要的是上级的英明指挥和我们祖国人民与朝鲜人民的大力支援。我们决心在现有的胜利基础上，再大量歼灭敌人，创造新的英雄事迹，来回答祖国人民对我们的关怀和希望。
>
> 我们充满着高度的胜利信心，决心战斗到底，直到全部歼灭敌人，彻底解放朝鲜为止。
>
> 我们有了四亿七千五百万祖国人民和朝鲜人民的支援，一定能打败美国侵略者。最后的胜利一定是属于中、朝人民和全世界人民的。

中国人民志愿军和朝鲜人民军，在朝鲜前线为抗击

慰问前线军民

美帝国主义的侵略而英勇地战斗着，并已连续取得了辉煌的胜利。

就在中国人民慰问团赴朝期间，中朝人民部队对敌发动两次强大的反击，歼灭美国侵略军和李伪军达4.6302万人。

中朝人民部队抗美战争的胜利，特别是中国人民志愿军勇士们抗美援朝保家卫国的英雄行为，已使得美国在亚洲的侵略计划遭到决定性的败北。

当时，仅据最近美国参谋长联席会议主席布莱德雷承认，朝鲜战场上侵朝美军的伤亡总数已达14.1955万人。美国军队这种惨重的损失，使帝国主义阵营内部和美国统治集团内部矛盾日益尖锐，争吵不已。这些争吵，充分暴露出美国帝国主义急欲扩大侵略战争而又力不从心的窘相。

这一形势，无限地鼓舞着世界人民保卫和平斗争胜利的信心。

中朝人民部队的英雄们受到了全世界人民的敬爱和钦佩。中国人民对于自己祖国的优秀儿女——中国人民志愿军的战士们以及朝鲜人民军和朝鲜人民，怀着无限的热爱，对他们的英雄业绩充满了感激与钦佩。

深入各部队慰问演出

1951 年 4 月，中国人民赴朝慰问团第一分团一行 71 人，在团长李敷仁率领下，深入志愿军各部队进行慰问，受到志愿军的热烈欢迎。

一分团有三分之一的代表年龄都超过 50 岁，曲艺服务大队队员、北京名艺人"快手刘"已经 68 岁，但他们仍和青壮年的代表们和团员们同样不辞辛劳，冒着敌机轰炸、扫射的危险，爬山越岭去进行慰问。

代表们在慰问大会上，详尽地报告祖国各民族各阶层人民对志愿军的感激、敬爱和支援，向志愿军献旗，赠送各种珍贵的慰问品。

代表们每到一处，都热情地拥抱作战有功的功臣们。志愿军指挥员和战斗员们都以万分兴奋的心情，热烈欢迎慰问团。他们说：

> 看到了祖国人民的代表，就好像看到了祖国四亿七千五百万人民。

被热烈拥抱的功臣和战士激动地说：

> 代表们拥抱我，就像全国人民在拥抱我

慰问前线军民

一样。

代表中白发苍苍的老人，更让他们感动。他们都亲切地称呼这些老人为"爷爷"、"叔叔"。慰问品中的一针一线，都被认为是祖国人民的心意而被好好珍藏起来。

有些战士把慰问的香烟珍惜地装在口袋里说：

留着它等将来立了功再慢慢地吸。

慰问品中毛主席像的纪念章最受战士们欢迎，被认为是象征着最高荣誉的礼品。

代表们作祖国人民抗美援朝、支援前线情况的各种报告，大大地鼓舞了指挥员和战斗员们。曾经坚守汉江两岸 50 天、严重地打击了敌人的志愿军某部的全体指挥员和战斗员，向慰问团庄严地宣誓：

今后要打更多的胜仗，歼灭更多的敌人，缴获更多的武器，来答谢祖国人民！

某防空部队战士们宣誓：

坚决执行全国人民的意志，消灭更多的美国空中强盗！

某江防部队战士们宣誓：

　　与江桥共存亡，人在江桥在！

后勤部门的汽车司机和民工们也坚决表示：

　　多装一个箱，多拉一辆车，坚决保证志愿
军的供应！

战士们从各种不同的战斗岗位上都喊出了同一个
声音：

　　不消灭美国侵略军，誓不回国！

慰问团在前方随时随地都可以听到、看到志愿军指
挥员和战斗员们在对敌作战中的许多英雄事迹。代表们
热烈地拥抱坚守白云山 11 昼夜、大量杀伤了敌人的英雄
李盖文。

这位英雄当时在完成任务后向上级报告时，曾昏倒
在地，而现在则精神焕发地向代表们宣誓：

　　向祖国人民保证，决心彻底消灭美国侵
略军！

慰问前线军民

某江防部队的某班战士向代表们报告该班前班长、共产党员王世荣壮烈牺牲的事迹。王世荣在紧张地抢修被敌机炸毁的桥梁时，被冰块撞伤掉在江中。他从水里冒出头来对战士们喊道：

你们赶快去完成任务，不要救我……

话还未完，又一块巨大的冰块冲来，王世荣光荣地牺牲了。在"为王班长复仇"的口号下，5天的任务战士们3天就完成了，江桥又修复了。

代表们也会见了那位为了保卫胜利果实坚决去朝鲜参加战勤工作，把45岁说成35岁的翻身农民胡万发；也看到了克服各种困难，积极供应前线的汽车司机们。

慰问团团员一致表示：

回国以后，一定要更深入地进行抗美援朝爱国宣传，号召全国人民以更大力量支援前线，争取最后胜利早日到来。

在4月6日到29日的24天中，慰问团向志愿军作战部队及后勤部队等18个单位和9处前线阵地进行了慰问，共举行慰问大会21次和座谈会24次，放映电影21次，曲艺队演出32场，文工队演出17场，大大鼓舞了志愿军的斗志。

常宝坤与程树棠在前线牺牲

1951 年 4 月，中国慰问团赶赴朝鲜，给在朝鲜战场的军民送去了温暖和关怀。在一次慰问活动中，有两名文艺工作者不幸牺牲。

其中一位是天津有名的相声演员常宝坤，艺名"小蘑菇"，在相声界与北京侯宝林齐名，而且他在政治上也是一位比较进步的演员。

常宝坤，1922 年 5 月 5 日生，河北张家口人。常宝坤自幼随父常连安变戏法卖艺，其父不但会说俏皮话等开场白，更有拿手绝活儿"九连环"、"倒包子"、"仙人摘豆"等戏法，常宝坤也向其父学会了"翻膀子"的本事，表演起来很受欢迎。

1927 年冬天，常宝坤随父在张家口街头"撂地"卖艺，只见他脱掉棉袄，光着瘦小的干巴脊梁双手握着一根木棍。他父亲把他的两只小胳膊硬硬地从前胸翻到后背，并发出"咯咯嘣嘣"的声音，此时的小宝坤已冻得两腿打战，脊梁青紫。此时，观众人人穿着棉袄，戴着棉帽。

看一个五六岁的孩子被一个大人折磨，大家便大声斥责常连安道："不能这样，孩子太小，你不能这么狠心。"更有一个中年人冲进场子中央，质问常连安："他不是你的亲生儿子，也不许这样。"

常连安一听这话，低下了头。还是小宝坤聪明伶俐，他接过话茬儿，对中年人说："哎，大爷，这回你可没猜对，他呀，还真是我的亲爹，错不了。"观众一下子由愤怒变成笑声。

1931 年，常宝坤拜张寿臣为师，学习相声。后与赵佩如合作，在京津一带演出。抗日战争期间在天津与陈亚南等组织"兄弟剧团"，任团长。因编演相声《牙粉袋》、《过桥票》，遭国民党政府迫害。新中国成立后，编演了《新灯谜》、《思想问题》等新相声，擅演曲目有《五红图》、《批三国》等。

解放前，常宝坤以大量相声讽嘲时局，矛头指向国民党的反动统治，曾受到反动统治者的逮捕。在这次赴朝慰问团出发之前，慰问团的人还亲耳听到他讲的解放前的老相声段子。

一位慰问团成员后来回忆说：

我清楚地记得有这样一段，说：主，"现在（指解放前）好！好得不得了，我一天可以挣一袋子面钱。"

捧，"啊呀！那好啊！一天五六十斤面钱，比资本家还富呢！"

主，"什么呀！一牙粉袋。"

就是这样一位可亲可敬的艺术家惨死于美国炸弹之下。

程树棠，1910 年出生。程树棠的父亲文焕亭、岳父金小山均为北京有名的满族单弦演员，他自幼酷爱曲艺，继承了家传的弹唱艺术，15 岁便登台演出京韵大鼓、联珠快书。后来嗓子坏了，不宜演唱，于是他潜心研究曲词。

程树棠精心为曲艺大师白凤鸣和滑稽大鼓演员富少舫整理曲词、设计唱腔和现场伴奏。他创作的京韵大鼓《挑滑车》，单弦《赵五娘》、《过雪山》、《渡乌江》、《祥林嫂》、《女儿英雄王桂香》等作品文学水平很高。白凤鸣能登上北京曲艺高峰，后成为"白派"艺术创始人，与程树棠的密切合作分不开。

1951 年 4 月 23 日，程树棠和常宝坤到三八线附近慰问部队，在美机狂轰滥炸疯狂扫射时壮烈牺牲了，享年41 岁。

第二天，文艺界举行了声势浩大的悼念活动。相声大师张寿臣在追悼会上作悼念常、程的祭文，表现出对党的各项方针政策的拥护。

廖承志看到常宝坤和程树棠在前线牺牲的电报以后，泪流满面。他悲痛地对记者刘大为说：

慰问前线军民

一定要认真带领好曲艺大队的演员们，保护好他们的安全，要慎而又慎。

当天，由于刘大为工作上的疏忽，他指挥部队行动，出现了危险动作。

本来，廖承志、陈沂命令刘大为天黑以后再把曲艺大队从一公里外的一个小山村里带到总部来演出。可是，刘大为怕天黑了，山路难行，恐赶不到。于是，黄昏前，天尚未黑，刘大为就带着队伍出发了。

廖承志严厉地批评了刘大为的轻敌行动。事后，刘大为认真地写了书面检查。

廖承志看了以后，沉痛地对刘大为说：

常宝坤等同志的光荣牺牲，虽然是不可避免的，但是我们丝毫不能懈怠，爱护保护好这些国家演员是我们的天职。

1951年5月10日，中共天津市委书记黄敬致电华北局并报中央，提出天津曲艺界名演员常宝坤、程树棠赴朝鲜慰问期间牺牲的善后办法：

一、向其家属报丧，并付给临时安家费；

二、筹备召开扩大追悼会；

三、派人赴安东（今辽宁省丹东市）运灵。

现死者家属除情绪悲愤及望政府能照顾其今后生活外，提出扩大追悼，加强宣传，以深入抗美援朝运动。常家希望能追认常为共产党员，并在政府领导下，以常父及其弟为首组织曲艺队，以团结曲艺界进行推广曲艺工作，完成常氏未竟志愿。

在报丧会上，曲艺界有人提出：

一、在出殡日举行曲艺界大示威游行；

二、定常宝坤牺牲日为"曲艺节"；

三、全市曲艺界挂孝三天，女演员登台演唱不搽脂、不穿鲜艳衣服；

四、将其事迹编演唱词，并注意防止特务造谣挑拨等。

由于常宝坤是天津家喻户晓的人物，又是曲艺界领袖人物之一、市各界人民代表会议代表，人们对如何处理其善后非常关注。

常宝坤和程树棠不幸牺牲，是中国文艺界的巨大损失，他们舍己为人的精神将永远留在人们心中。

慰问前线军民

廖亨禄与王利高遭敌机轰炸

1951 年 5 月 14 日，平原军区干部管理部部长、中国人民赴朝慰问团第二分团副团长廖亨禄，在朝鲜前线进行慰问时，不幸遭敌机轰炸扫射，光荣牺牲。

当噩耗传来，华北军区全体指战员甚为悲愤。军区首长当即致唁电平原军区，并慰问廖亨禄同志家属。平原军区同时筹组治丧委员会，筹备追悼及礼葬事宜。

廖亨禄是中国共产党和中国人民解放军的优秀干部，福建永定县人。1929 年参加共产主义青年团，1930 年参加中国工农红军，1931 年参加中国共产党。历任宣传员、连政委、保卫科长、部长，鲁西军区后勤部政委、团政委、军分区主任、副政委、旅政委、军政干部学校政委等职。牺牲时仅 39 岁。

廖亨禄曾经参加过中国工农红军二万五千里长征。他领导团员们进行工作时，总是吃苦在先，休息在后，大大鼓舞了团员们的工作热情。

早在抗日战争最艰苦的 1943 年，廖亨禄担任团政委工作，率部在湖西区巨南一带建立抗日根据地。那时正是"五鬼"，即日寇、伪军、叛军、蒋军、反动会道门闹湖西，环境相当艰苦。

当时，廖亨禄病得实在不能走路，大家用担架抬着他。每到一地，廖亨禄躺在担架上打开地图指挥大家作战。在他的领导下，战士们的战斗力不断提高，并且成为有名的纪律良好部队。

廖亨禄不仅是一个优秀的政治干部，还是一个勇敢卓越的军事指挥员。1944年，军队行军至巨南地区，走了一夜，刚到王大村附近，发现前面有敌人。廖亨禄马上到打枪的地方弄清了情况，接着又带了很少的部队掩护直属队撤退。

1948年，国民党反动派3万多人"扫荡"湖西区，廖亨禄带几百人坚持腹地斗争。一天，他看准了火候，一下插入，向敌人来了个"挖心战"。这一仗打得几万敌人惶惶不安。第二天廖亨禄又把部队安全地撤到外围。

得到廖亨禄牺牲的噩耗后，廖亨禄的战友沉痛地写下了下面的文字：

亲爱的廖亨禄同志！你的光辉事迹，我们怎么能说得完，我们所记起的只不过是你一生革命斗争中几个片断。在党的培养下，加上你个人的努力，你对人民立下了不少的功勋，大半个中国洒下了你的血汗；为了中朝人民的和平与幸福，你又贡献了你宝贵的生命。中朝人民永远纪念你，特别是原冀鲁豫区。

今天，在像钢铁一样坚强的你的遗像面前，我们不该流下眼泪，我们要化悲痛为力量！我

们宣誓："学习你的好榜样，完成你的未竟事业，向美帝国主义讨还血债！"我们想这是你的希望，也是对你最大的安慰。安眠吧！敬爱的战友！你的鲜血在朝鲜和我们的祖国都会开起灿烂的红花。

在慰问团工作的某汽车运输部队副连长王利高，在朝鲜前线进行慰问过程中，不幸遭敌机轰炸扫射，光荣牺牲。王利高从受伤后一直到牺牲前，都表现出了一个共产党员的崇高品质。

王利高说：

> 我死了不要紧，但是上级交给我的任务还没有完成，希望同志们继续奋斗！

常宝坤、程树棠、廖亨禄、王利高的光荣牺牲，激起了慰问团全体团员对美国侵略者更大的仇恨，他们一致表示：决心更加努力地进行抗美援朝工作，为死者报仇。

4位烈士遗体由慰问团指派专人妥为装殓，并陆续护送回国。

三、完成慰问回国

● 廖承志说："胜利是从英勇和艰苦的战斗中得来的，而且还需经过比较长期的努力，才能获得最后的胜利。"

● 吴组缃说："中国人民赴朝慰问团胜利地完成了全国人民所赋予的光荣任务。"

● 田汉说："常、程二烈士的死使我们更知道美帝国主义的残暴。"

廖承志说抗美战争必获最后胜利

1951 年 5 月 12 日，中共中央东北局、东北人民政府和人民解放军东北军区联合举行欢迎会，欢迎回国的中国人民赴朝慰问团。

在欢迎会上，中共中央东北局组织部长、东北军区副政治委员张秀山致辞，对慰问团全体团员不辞劳苦，完成全国人民所委托的慰问中朝人民部队和朝鲜人民的艰巨任务，备至赞扬；并对该团团员平原军区干部管理部部长廖亨禄和人民艺术家常宝坤、程树棠以及志愿军副连长王利高等为人民光荣牺牲，表示深切的悼念。

中国人民赴朝慰问团团长廖承志、团员吴组缃及徐铸成相继讲话。

在这次大会上，廖承志生动地报告中朝人民军队和朝鲜人民的旺盛的战斗意志、坚定的胜利信心，以及他们的亲密团结等情形。

在讲话中，廖承志以慰问团在俘虏营美国俘虏中看到的美国侵略军队的腐化、自私、堕落的情形，说明侵略者一定会遭到彻底的失败，腐朽的帝国主义制度必然灭亡。

廖承志最后指出：

英勇的朝、中人民在以苏联为首的世界和平、民主阵营的援助下，一定能够赢得正义的抗美战争的最后胜利。但胜利是从英勇和艰苦的战斗中得来的，而且还需经过比较长期的努力，才能获得最后的胜利。

廖承志号召东北人民继续以源源不断的力量支援朝鲜前线，争取这一正义战争的最后胜利早日到来。

廖承志的讲话不时为热烈的掌声所打断。

吴组缃在畅述参加慰问的观感时说：

中国人民赴朝慰问团包括各党派、各阶层、各民族的代表，大家都能以吃苦耐劳、不怕危险、不怕牺牲的精神，胜利地完成了全国人民所赋予的光荣任务，说明中国人民在毛主席和中国共产党的领导下，已经结成一个坚强团结的伟大的无敌力量。

欢迎会自始至终都在热烈的气氛中进行。慰问团人员在沈阳稍事休息后，即将返回北京及全国各地。

慰问团在朝鲜曾谒见朝鲜人民领袖金日成将军，并把中国人民的敬意带给了战斗中的朝鲜人民，这就更加巩固了中朝人民用鲜血凝结成的战斗友谊。

朝鲜人民感谢中国人民的援助，中朝人民这种国际

主义的友爱团结，是战胜美国帝国主义的无尽力量的源泉。慰问团已经完成了一个伟大的任务。但是，另一个伟大的任务正等待慰问团的同志们继续去完成。那就是把朝鲜抗美战争的实况，向全国人民做宣传。

所谓朝鲜战争的实况，就是美帝国主义不但应当被打败而且已经被打败的实况，中国人民志愿军和朝鲜人民军英勇作战的实况，美国侵略者在朝鲜残暴兽行的实况。把这些实况普遍地深入地向全国人民做宣传，将使全国人民在中朝人民部队，特别是自己的志愿军英雄们英勇战斗精神的鼓舞之下，激发起对美帝国主义的更大仇恨，深入抗美援朝的伟大爱国运动。

随着这个运动的深入，中国人民将发出更强大的力量，以支援中朝人民军更多地消灭美国侵略者，争取抗美援朝战争最后胜利的早日到来。

吊祭常宝坤和程树棠烈士

1951 年 5 月 15 日下午，中国人民赴朝慰问团在团长廖承志，副团长陈沂、田汉率领下，由沈阳乘专车抵达天津。人民解放军东北军区政治部副主任甘渭汉、秘书长李林，东北人民政府劳动部部长唐韵超等均赴沈阳车站送行。

到达天津时，天津市副市长周叔弢、天津市抗美援朝分会副主席李华生、天津市工商联合会主任委员李烛尘及各民主党派、人民团体代表等 1000 多人，前往车站欢迎。

慰问团团员下车后，首先接受天津市各界人民代表的献花。

5 月 16 日上午，中国人民赴朝慰问团抵天津后，前往天津第一公墓吊祭在朝鲜战场上光荣牺牲的团员常宝坤、程树棠二位烈士。

在肃穆的哀乐声中，该团及各分团代表相继向烈士献花圈。接着由廖承志团长致辞，他说：

完成慰问回国

中国人民把自己的鲜血洒在抗美援朝的战场上，是无上光荣的。常、程二烈士的名字，将与为抗美援朝而牺牲的中国人民志愿军和志愿赴朝工作的员工一样地永垂不朽。

田汉副团长在致辞中指出：

常、程二烈士的死使我们更知道美帝国主义的残暴。我们每个同志，特别是文艺界的同志，应通过一切文艺工具，来更好地宣传中朝人民部队的战士们的英勇事迹。

慰问团副秘书长许宝奎代表各民主党派致辞。许宝奎指出：

我们在烈士灵前重申誓言：一定要踏着烈士的血迹前进，更坚决地抗美援朝，为烈士们复仇。

常宝坤的父亲在致答词中说：

宝坤他们牺牲是光荣的，我们并不悲哀，只有加强抗美援朝的决心，为自己的亲人报仇雪恨。

5月18日，天津市各界人民，为参加中国人民赴朝慰问团在慰问过程中光荣牺牲的曲艺家常宝坤、程树棠二烈士，隆重举行出殡仪式。

参加送殡的有：天津市市长黄敬，副市长许建国、周叔弢，工商联合会主任李烛尘及各机关首长、各民主党派、人民团体代表，各界市民等1.5万余人。

中国人民赴朝慰问团团长廖承志，副团长陈沂、田汉，中央人民政府文化部代表马少波，北京市文联代表王亚平等也都参加了送殡。当烈士的灵车和送殡的队伍走过时，许多市民高呼抗美援朝口号。

天津市各界人民为追悼常宝坤、程树棠二烈士，曾于15日至17日在天津第一公墓举行公祭。三天来，前往祭悼的共761个单位，连同个别前往致祭的市民共4.3万余人。

中国共产党天津市委员会及各民主党派、人民团体都在第一日前往吊祭，并慰问常、程二烈士家属。中央人民政府文化部代表马少波及由全国文学艺术界联合会、北京市文学艺术工作者联合会等13个单位组成的首都文艺界代表团分别于16、17两日特由北京前往天津祭奠。吊祭者对美国侵略者充满了无比的仇恨，都表示誓为死难烈士报仇。

各区居民除前往公祭外，还纷纷捐献子弹代金以抗美援朝。仅六区杨庄子派出所管界居民即捐款66万元。曲艺界陈士和、莲小君等要求组织第二批曲艺大队赴朝鲜慰问。

19日下午，天津市各界代表2000人举行盛大集会，

完成慰问回国

热烈欢迎回国的中国人民赴朝慰问团。大会主席李烛尘、天津市副市长许建国相继致辞，欢迎中国人民赴朝慰问团圆满完成任务归来，并表示全天津市人民将以深入开展抗美援朝运动的实际行动，来支援英勇的中朝人民部队和朝鲜人民。

廖承志在热烈的掌声中起立讲话。他生动地介绍了中朝人民部队的英勇事迹。他说：

有了中国人民的团结，中朝人民的团结，全世界人民的团结，任何敌人都可以被打败。他号召大家深入开展抗美援朝运动，更好地支援朝鲜前线，使中国人民志愿军更英勇地打击敌人。

接着，由慰问团副团长陈沂报告了中国人民志愿军旺盛的战斗情绪和许多感人的英勇事迹；田汉报告了朝鲜文艺界在卫国战争中的贡献。

他们的讲话给与会者以极大的鼓舞，会场上不断响起雷鸣般的掌声。

首都各界欢迎慰问团归来

1951 年 5 月 28 日，中国人民赴朝慰问团定于第二天，也就是 29 日下午自天津乘车来北京，首都各界人民将举行盛大欢迎会。

首都各界人民欢迎赴朝慰问团委员会已组成，届时将请该团全体代表报告赴朝慰问经过和中国人民志愿军及朝鲜军民英勇抗击敌人的英雄事迹。

慰问团在京活动日程已排定：

三十日该团将召开全团人员会议，商讨进行传达报告等工作；当日晚七时出席首都各界人民欢迎赴朝慰问团委员会所召开的干部报告大会，该团主要负责人将在会上作首次传达报告；本月三十一日到六月三日止，该团将分成若干小组，分赴工厂、学校、机关、部队和郊区向各界人民作传达报告。

截至 28 日晚，已有 150 多个单位要求慰问团代表向他们作传达报告。

29 日下午，中国人民赴朝慰问团一行 500 多人在廖承志、陈沂、田汉率领之下，从天津乘车抵达北京。

完成慰问回国

到车站欢迎的有郭沫若、彭真、陈叔通、李济深等共1500多人。朝鲜民主主义人民共和国驻我国大使李周渊亦到车站欢迎。

列车进站后，中国人民赴朝慰问团全体团员在军乐声和欢迎者的欢呼声中下车。欢迎者在车站举行欢迎会。

朝鲜驻华大使馆代表首先向慰问团团长廖承志、副团长陈沂、田汉献花致敬。

中国人民抗美援朝总会主席郭沫若致欢迎词。他代表抗美援朝总会向慰问团全体人员表示热烈的欢迎，并向慰问团中光荣牺牲的4位烈士表示崇高的敬意和深切的悼念。

郭沫若在讲话中指出：

慰问团代表全中国人民慰问中国人民志愿军，慰问朝鲜人民军和朝鲜人民，给了中国人民志愿军、朝鲜人民军和朝鲜人民以极大的鼓励和安慰。

郭沫若说：

我们希望你们把中国人民志愿军艰苦卓绝的英勇战斗、高度的国际主义和爱国主义相结合的新英雄气概向全国人民传达；希望你们把朝鲜人民军和朝鲜人民的爱国精神和行动向全国人民传达。这样，把我们全国人民当前的中心任务——抗美援朝运动更进一步地普及、深入和持久下去。

郭沫若接着说：

全国人民还希望你们把在朝鲜所见所闻的美帝国主义侵略集团的残暴兽行报告给全国人民，提高全国人民仇视、鄙视、蔑视美帝国主义的思想。希望你们愉快地、迅速地胜利完成这项任务。

中国人民赴朝慰问团团长廖承志致答词。他在说明慰问团已胜利完成赴朝慰问的任务后说：

我们回到祖国来，首先要告诉大家的是：中、朝两国人民的抗美战争是必然要胜利的。我们看到美国侵略军是那样的残暴无耻，而与朝鲜人民军并肩作战的我国人民志愿军又是那么的英勇坚强，他们已经严重地打击了敌人，保卫祖国的安全，帮助朝鲜人民的解放斗争。因此，我们更加感觉到我们祖国的伟大可爱，更加感觉到我们中国人民生活在毛泽东时代的幸福。我们应该用更大的力量来推行抗美援朝

完成慰问回国

运动，坚持不懈地支援我国人民志愿军和朝鲜军民，直到抗美战争的最后的完全的胜利。

欢迎会在北京市少年儿童队队员向慰问团团长廖承志，副团长陈沂、田汉献花后结束。

慰问团全体同志，不避艰险，将全中国人民对中国人民志愿军、朝鲜人民军和朝鲜人民的热爱和慰问，带到了抗美战争的最前线和朝鲜的农村与工厂，胜利地完成任务归国。

当时，全中国人民都对慰问团的归来表示热烈的欢迎与敬意。对于在朝鲜前线工作期间英勇牺牲的慰问团团员廖亨禄、常宝坤、程树棠、王利高4位烈士，致以沉痛的哀悼！

欢迎慰问团大会在京举行

1951年5月30日晚，首都各界人民欢迎中国人民赴朝慰问团委员会在中山公园音乐堂举行欢迎赴朝慰问团大会。

到会有各民主党派及各人民团体负责人，首都各界人民代表，机关和部队干部，共5000多人。

大会首先由中国人民抗美援朝总会主席郭沫若致欢迎词。他代表首都各界人民对胜利归来的赴朝慰问团人员表示热烈的欢迎。

郭沫若说：

中国人民赴朝慰问团给了中国人民志愿军、朝鲜人民军和朝鲜人民以极大鼓舞。慰问团在朝鲜完成了艰巨的、重大的任务，现在回到祖国来，还要把在朝鲜所看到的中朝人民的胜利事迹，和敌人的残暴罪行，向全国人民报告。慰问团除已计划在首都要作一百余次报告外，还要在一个月内到全国各地普遍进行传达报告，加强、扩大、深入抗美援朝运动。希望慰问团顺利地完成这一任务。

完成慰问回国

接着，中国人民赴朝慰问团团长廖承志报告慰问团工作经过说：

> 一个半月来，我们慰问团肩负祖国人民给予我们的光荣任务，在朝鲜前线和后方慰问了我国人民志愿军、朝鲜人民军和朝鲜人民。我们把带去的各种慰劳品和慰劳金交给了他们。我们把全国人民再接再厉抗美援朝的决心，传达给志愿军，加强了他们的旺盛的战斗意志。我们看到了中朝人民军队的无坚不摧的雄壮气概，使我们更加相信：抗美战争一定可以得到最后的完全的胜利。

在报告中，廖承志列举了中朝人民共同作战的亲密无间的许多动人事迹，之后，他又说：

> 朝鲜人民对我国人民的真诚无私的援助，表示了无限的感激。在战斗中成长的中朝人民的友谊，是牢不可破的胜利保证。

廖承志最后号召全国人民继续展开抗美援朝运动，拿出更大更多的力量来支援人民志愿军和朝鲜军民，以早日完全消灭在朝鲜的美国侵略军。

慰问团副团长陈沂报告中国人民志愿军在朝鲜前线

所表现出来的伟大的爱国主义、国际主义、革命英雄主义的精神。他说：

> 朝鲜前线的战斗是艰苦的，困难也是很多的，但是，任何的困难都吓不倒中国人民志愿军的全体指挥员战斗员。各种巨大的困难都被他们征服了。他们已在战场上表现出自己是世界上的一支对敌人最勇敢、对人民最仁慈的军队。

陈沂接着说：

> 人民志愿军的同志们要我们回国后告诉全国人民，请大家放心，他们是我国人民的好儿女，绝不辜负中国人民志愿军这个光荣的称号，决心为朝鲜人民报仇，为祖国争光，为世界人民立功

陈沂在讲话中最后表示：

> 慰问团全体团员一定尽力向全国人民传达中朝人民军队英勇战斗的情况，推动全国人民的抗美援朝运动。

完成慰问回国

慰问团中的民主党派代表周鲸文在讲话中简要地报告了各民主党派代表在朝鲜前线和后方所见所闻的英勇事迹后说：

> 我们各民主党派，今后一定要加强抗美援朝保家卫国的工作，动员全国人民大众来努力支援前线，加紧生产建设，发动捐献运动，全国人民有钱的出钱，有力的出力，要保证我们的战士能够吃得饱饱的，穿得暖暖的，而且有更多的飞机，更多的大炮，更多的高射炮，更多的坦克，更多的汽车，来更重地打击美国侵略者，更迅速地把敌人消灭。

慰问团中的各人民团体代表赵国有报告了朝鲜各行业工人和朝鲜农民以忘我的精神在战争中坚持生产支援前线的情形。他代表各人民团体向大会保证：

> 一定更好地发动全国人民开展劳动竞赛，做好各项工作，努力学习，积极支援中朝人民部队。

慰问团中的工商界代表陈巳生在报告中说：

> 我们亲眼看到朝鲜的城市和乡村大部惨遭

敌人的残酷破坏。朝鲜各地工商业大部被敌人

摧毁。这完全证明了美帝国主义是我们工商界

的死敌。

他号召全国工商界要切实实行爱国公约，大力开展捐献运动，高度发挥工商界的力量，支援中国人民志愿军以更多的飞机、大炮、坦克、汽车。

最后，郭沫若号召全国人民再接再厉，展开抗美援朝运动，热烈捐献，做好优待人民志愿军家属的工作，争取中、朝人民抗美战争全面、彻底的最后胜利的早日到来。

首都各界举行追悼大会

1951年5月27日，中国人民赴朝慰问团和天津市各界人民隆重举行路祭，追悼在赴朝慰问过程中光荣牺牲的廖亨禄烈士。

廖亨禄烈士的灵堂设在天津市东车站的广场上，灵堂内布满了各界送来的挽联、花圈。

中国人民志愿军全体指战员送的挽联上写着："为慰问中国人民志愿军而光荣牺牲的廖亨禄烈士永垂不朽！"朝鲜人民军送的挽联上写着："用鲜血结成的中朝人民战斗友谊万岁！"

8时，赴朝慰问团全体团员开始举行公祭。廖承志在讲话中号召大家学习廖亨禄烈士22年来忠于党、忠于人民解放事业的共产党员的优良品质，担负起他未竟的遗志，为抗美援朝的胜利而奋斗。

6月2日，首都各界人民隆重举行追悼大会，悼念中国人民赴朝慰问团在朝鲜战地慰问时光荣牺牲的廖亨禄、常宝坤、程树棠、王利高4位烈士。

到会的有各民主党派和各人民团体的负责人、首都各界人民代表、部队和机关的干部、中国人民赴朝慰问团全体人员、烈士家属等将近5000人。

朝鲜民主主义人民共和国驻我国大使馆参赞崔英也

到会参加。

大会主席郭沫若向4位烈士献花圈后向大会讲话。

接着，由中国人民赴朝慰问团团长廖承志介绍4位烈士的简历和烈士们在赴朝慰问中积极工作的情形。

到会代表讲话的有中国人民政治协商会议全国委员会副主席陈叔通、人民革命军事委员会总政治部秘书长魏传统、抗美援朝华北总分会主席聂真、北京市人民政府副市长张友渔、北京新戏曲研究会主任委员连阔如。

陈叔通在讲话中首先代表中国人民政治协商会议全国委员会向4位烈士致以崇高的敬意和深切的哀悼。

他说：

> 四位烈士是为正义、为抗美援朝保家卫国、为打倒美帝国主义争取世界和平而光荣牺牲的。这四位烈士的牺牲，只会增加我们对敌人的愤恨。全国人民应热烈响应中国人民抗美援朝总会所发出的关于推行爱国公约、捐献飞机大炮和优待烈士家属、革命军人家属的号召，积极支援前线，为四位烈士报仇。

总政治部秘书长魏传统在讲话中表示，要继承他们的遗志，在全体人民解放军中，更加深入和普遍地展开抗美援朝运动，以保卫我们祖国的安全和东方与世界的

和平。

他说：

四位烈士的鲜血是和中国人民志愿军及朝鲜人民军的烈士们流在一起的，志愿军与人民军将更加努力为他们报仇雪恨。他们是为了到朝鲜前线去传达祖国人民的意志而遇难的，祖国人民和中国人民解放军，也誓将向美帝国主义者索还这笔血债。

聂真、张友渔、连阔如在讲话中，都表示要动员全国人民热烈响应中国人民抗美援朝总会的号召，积极支援前线，为4位烈士复仇。

朝鲜民主主义人民共和国驻我国大使馆参赞崔英在会上发表讲话。他说：

中国人民派慰问团到朝鲜去慰问朝鲜人民军、朝鲜人民和中国人民志愿军，这种兄弟般的热情大大鼓舞了朝鲜人民对解放战争的必胜信念，更进一步地加强了他们的战斗意志。四位烈士光荣牺牲了，他们的血不会白流，他们的牺牲使两国人民之间以鲜血结成的战斗友谊更加巩固了。

最后，烈士家属讲话。常宝坤烈士的父亲常连安说：

我的儿子虽然死了，可是他的精神没有死，全国人民都在悼念他。

程树棠烈士的儿子程耿光说：

我一定用心念书，努力学习，将来更好地为人民服务。我还要写信给志愿军叔叔、大伯们，请他们多多杀死美国鬼子，为爱国而牺牲的烈士报仇。

常宝坤牺牲后，他的妹妹常宝珊写了一篇感人至深的文章：

我的哥哥常宝坤过去是一个旧艺人。解放前他那旧艺人的作风是很浓厚的。但解放后经过思想改造，成了一个人民艺人。在抗美援朝运动中他屡次上街头去宣传，以后更勇敢地参加了中国人民赴朝慰问团。他们在朝鲜前线后方到处慰问，特别受到朝鲜人民和我们志愿军的欢迎，因为他们给战士们带来了祖国人民的慰问与鼓励。当慰问团到达以后，志愿军接连又打了好几次胜仗。4月23日中午，他们到了

完成慰问回国

兴木县田野里。就在那天12时20分，一粒美帝国主义的子弹穿过了我哥哥的胸部，夺去了他的生命。许多战士在听到这个惨痛的消息以后，都发誓说："我们不把美军消灭在朝鲜决不回国的！"许多富于国际主义精神及热爱祖国和人民的人，都是在美帝国主义的炮弹下牺牲的。我们要永远记住这笔血债！

常宝珊说：

大家对我的关怀和慰问，使我完全明白，我要抹干眼泪，把悲痛化为力量。我记起了《谁是最可爱的人》里面所说的："他们的挨饿受冻正是为了人民不挨饿受冻，他们的牺牲也正是为了人民平安幸福地生活下去。"我相信，只有这些不怕吃苦不怕牺牲的人才能换来真正的和平与幸福，所以他们是光荣的，伟大的，不朽的！我们应该向他们学习。

我要化悲愤为力量，我不哭。我哥哥的死是光荣的，伟大的。

4位烈士在慰问中不幸牺牲，更加激发了中国人民对美国侵略者的仇恨。

四、 掀起支前高潮

● 廖承志最后说："慰问团在朝鲜能够胜利完成任务，应该特别感谢中朝人民军队和朝鲜政府人民的大力帮助。"

● 廖承志最后说："我们相信：全国人民一定会热烈地参加这个支援前线的运动。"

● 陈沂说："假如我们积极捐献，支援前线，战士们有了'大米加飞机大炮'，那么早日获得胜利是可以肯定的。"

廖承志呼吁再接再厉支援前线

1951 年 5 月 30 日，中国人民赴朝慰问团团长廖承志当天召开记者招待会，接见新华社记者，答复新华社记者所提出的问题。

在会上，一位记者问："中国人民赴朝慰问团赴朝慰问，经过情形怎样？"

廖承志说：

本团奉中国人民抗美援朝总会之命，代表全国人民去慰问英勇抗击美国侵略军的中国人民志愿军、朝鲜人民军与朝鲜人民。慰问团包括全国各民主党派、各人民团体、各阶层、各界、各地区、各民族及人民解放军的代表。从四月初到五月中旬，慰问团八个分团深入到朝鲜最前线和最后方的地区，普遍地慰问了中朝人民军队的各兵种部队、各后勤部门，慰问了朝鲜各阶层、各界人民，并向朝鲜民主主义人民共和国的党、政、军首长及我国人民志愿军领导机关致敬，向他们表达了全中国人民抗美援朝的坚决意志，并分送了大批慰问信、锦旗及共值五百多亿元的慰劳品与慰劳金。随团的文艺工作者为朝鲜前线与后方军民表演了许多艺术节目。慰问团在朝鲜能够胜利完成任务，应该特别感谢中朝人民军队和朝鲜政府人民的大力帮助。

慰问团全体团员在这次慰问工作中，负责地完成了全国人民所交付的任务。在工作中，廖亨禄、常宝坤、程树棠、王利高四同志光荣地贡献了他们的生命。

在谈到这次慰问有哪些主要收获时，廖承志讲到有三个主要收获：

第一，鼓舞了中国人民志愿军和朝鲜人民军的战斗意志。慰问团向中朝战士们传达了全中国人民抗美援朝运动空前高涨、全国人民团结一致支援朝鲜战争的情况；传达了新中国在政治、经济、文化建设方面的成就；传达了全中国人民对中朝战士们的敬仰、感激和热爱。

……

第二，加强了中朝人民之间的深厚友谊。朝鲜人民，对于中国人民对他们的伟大的国际主义友谊，表示深切的感谢。

……

第三，加强了我们对抗美战争必获最后胜

掀起支前高潮

利的信念，加深了我们对支援前线必须再接再厉的认识。我们这次到朝鲜亲眼看到中朝人民军队的将士们是那样的勇敢机智，中朝人民的团结是那样的精诚无间，而敌人是那样的残暴无耻。我们更加坚定地相信：胜利的前途是肯定无疑的。

廖承志还说：

但是我们也更深切地体会到战争的长期性和艰苦性。我们的敌人美帝国主义究竟是帝国主义的主力，它正在使用一切力量进行疯狂的垂死挣扎。中朝人民军队历次所获得的辉煌胜利，绝不是轻易得来的，而是经过艰苦的斗争才取得的。我们中国人民只有坚持不懈地、全力地支援抗美战争，克服一切困难，才能争取战争的早日胜利，才能早日全力地、安全地进行和平建设工作。

接着，一位记者问廖承志："慰问团今后的工作计划怎样？"

廖承志思考片刻后回答说：

按照抗美援朝总会交付给我们的任务，赴

朝慰问仅是完成了第一项任务；第二项任务是要将中朝军民在前方英勇艰苦斗争的光辉事迹、抗美战争的必胜信念以及志愿军战士们对祖国人民的关怀和期望，传达给全国人民，进一步加强和深入全国人民的抗美援朝运动。本团全体团员即将分头出发到全国二千零五十个县去进行广泛的宣传，号召全国人民再接再厉，全力支援朝鲜前线，争取最后胜利早日到来。

当有人问廖承志在朝鲜前线英勇作战的中国人民志愿军有些什么需要时，廖承志回答说：

据我们了解，前方最需要的东西大致如下：

一、需要有更多的飞机、坦克、大炮、高射炮、反坦克炮和汽车、大车等，那样就可以更有力地打击敌人，提早取得战争的最后胜利。

二、需要具有丰富营养的大量的食品：猪肉松、牛肉干、肝类、猪肉罐头、各种压缩干粮等。我们的志愿军在击退敌人时很需要这种便于携带的食品。

三、急救包、各种特效药品、各种防疫苗、各种维他命（维生素）丸、鱼肝油等。

四、收音机、通俗的书报杂志、画报、留声机、唱片等。

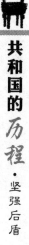

廖承志说，本团代表中的工人同志们正在考虑进一步推动全国工人的爱国主义劳动竞赛，增加生产，来满足前线的需要；上海和天津的工商界代表陈巳生、朱继圣先生及全国各地的工商界代表们也在准备大力呼吁捐献飞机和汽车的运动；其他各方面的代表，也都将向全国各阶层各界人民提出具体号召。

廖承志最后说：

我们相信：全国人民一定会热烈地参加这个支援前线的运动。

廖承志通过自己的亲身经历和见闻，把朝鲜战场上的真实情况带回了祖国，这将更大地鼓舞祖国人民加紧建设，积极支援前线。

工商界通过积极支援前线议案

1951 年 6 月 2 日，北京市工商界在欢迎赴朝慰问团归国大会上通过了以捐献飞机、大炮、坦克等来积极支援前线的议案。

这个大会在当天下午举行，参加这次会议的有北京市工商界各行业代表 1200 多人，由慰问团代表陈巳生、童润之、武和轩出席报告。

上海工商界代表陈巳生代表报告此行的观感。陈巳生说：

> 中朝两国只鸭绿江一江之隔，江的一方面被敌人炮火涂炭；另一方面是过着自由幸福的日子，假使不是志愿军到朝鲜英勇抗敌，我们大家就不会在这里安心地听报告了。

最后，陈巳生号召工商界向前方捐献飞机、大炮，普遍地深入地检查爱国公约的履行，以空前的实际行动，发挥工商界的爱国热情。

陈巳生的讲话受到与会者的热烈欢迎。

接着，由童润之、武和轩代表报告朝鲜战场上志愿军战士、司机、民工的爱国英雄事迹。

掀起支前高潮

进入朝鲜后，志愿军的粮食就是压缩饼干，他们就着冰雪吃饼干，生活条件相当艰苦。有一场伏击战，战士们已经提前知道敌人要从一处山坳经过，因而事先埋伏起来，等敌人进入伏击圈后一齐开火，结果是敌人成片地倒下，剩余的残兵败将落荒而逃。

10月24日，一批志愿军到达鸭绿江边，他们在离辑安约25公里路的一个小站下了车。下车后全体官兵立即将棉衣反穿，把每人的背包打开相互检查，摘除领章和帽徽，不许留一点点解放军的标记。

当天下午，团政委马丁作了动员报告，18时左右，狂风大作，浓云密布，鹅毛大雪铺天盖地地飘落下来，气温陡降到零下20摄氏度。由于是华东地区的部队，战士们发的是薄棉衣，戴着大檐帽，脚穿单鞋，棉被每条只有1.5公斤左右，冻得直打哆嗦。

19时后，过江命令下达了，步兵快速通过江面，汽车和山炮也都从冰上拖了过去。20时左右，先头部队到达江界镇。21时，部队向敌人发起猛烈的冲击，打得敌人丢盔弃甲，狼狈逃窜，丢下了许多大炮和汽车。志愿军乘胜追击，将美军陆战第一师包围在黄草岭一带。

趁着战斗间隙，志愿军很快筑起了土木工事。天上又下起鹅毛大雪，气温降到零下40摄氏度，志愿军指战员七天七夜粒米未进，头无棉帽，脚穿单鞋，身穿薄棉衣。实在无法御寒，战士们只好把棉被割成若干块，把头脚手身分别包着，用背包带扎起来，单衣也全部穿在身上，还是冻得浑身发抖。再加上肚里无饭，年高体弱者，伤病者，先后冻死、饿死，有战斗力的所剩无几，但战士们仍然殊死拼搏，子弹打完了就拼刺刀。

二十军的战斗英雄杨根思就是在战斗到最后一人时，身体多处受伤，最后抱着炸药包与敌人同归于尽的。最后，敌人还剩1000多人冲出重围逃跑了。

这些事迹让与会者感动不已，很多人听着听着就流下了眼泪。

最后，会议一致通过以捐献飞机、大炮、坦克以及富有营养的食品与医疗用品来积极支援前线的议案。议案原文如下：

一九五一年六月一日我们首都工商界各行业的代表，听了赴朝慰问团代表报告我国志愿军为了抗美援朝保家卫国，在朝鲜前线与朝鲜人民军并肩作战，克服一切困难的可歌可泣的英雄事迹以后，我们深为感动。为了更有效地打击敌人，首都工商界热烈地响应赴朝慰问团工商界代表希望工商界努力捐献运动的号召，我们誓愿贡献一切力量，踊跃捐献，以便供给前方以更多的飞机、大炮、坦克，以及富有营养的食品和各种医疗用品来积极支援前线。并盼全国工商界一致响应，以争取抗美援朝最后胜利的早日到来！

掀起支前高潮

当天，天津市各界人民热烈响应中国人民抗美援朝总会关于推行爱国公约、捐献飞机大炮和优待烈属军属的号召。

民主建国会天津分会主任委员李烛尘表示：

天津市的工商界，在抗美援朝运动中曾有过很多模范事例。为了保持我们的荣誉，我代表天津市工商界响应抗美援朝总会的号召，普遍展开捐献飞机、大炮运动，支援我们英勇的志愿军！

天津市民主妇女联合会主任罗云号召全市妇女要增加生产，节约捐献，更好地帮助烈属军属解决困难，认真执行爱国公约。

全市人民纷纷以实际行动，响应抗美援朝总会的号召，自来水公司职工决定进一步开展爱国主义竞赛，争取超额完成生产任务。

该公司河水厂王春德模范小组自动提出修正原来定额，如修理锅炉原定为30个工，现改为27个工。

联营内衣制造厂职工决定本星期日义务加班一日，将收入全部捐献。天津被服厂第三缝纫部模范第二生产小组从报纸上看到抗美援朝总会的号召后，当天每人日产量提高了百分之十一，退活率由百分之四降低到百分之二。

码头工会第三分会工人当天即捐出 1300 多万元。许多工厂工人自动要求将每月薪金捐出一部分，一直捐献到抗美援朝胜利为止。

许多机关干部、市民也自动展开捐献运动。

智擒特务的 7 个小英雄胡承志等号召全市儿童节约糖果钱购买飞机大炮。

炮台庄派出所保证做好军属工作，方便军属的子弟入学，解决军属的职业及生活问题。

首都各界响应慰问团号召

1951 年 6 月，赴朝慰问团已经在北京作过多次报告。慰问团所到之处，受到人民群众的热烈欢迎。

首都工人、职员听取了中国人民赴朝慰问团代表的报告以及看到中国人民抗美援朝总会关于推行爱国公约、捐献飞机大炮和优待烈属军属的号召以后，纷纷以实际行动响应这一伟大的号召。

石景山发电厂工人看到报纸上登载的中国人民抗美援朝总会的号召后，以"我们多流一滴汗，志愿军少流一滴血"的精神，争取超额完成生产任务。

他们制定的具体奋斗目标是：

生产超额收入，购买"首都发电厂号"飞机，捐献给志愿军和解放军。

同时，各职工小组都准备普遍性地展开修订爱国公约运动，以使其内容和当前的捐献运动及自己的生产任务更紧密地结合起来。

各车间、各小组纷纷补充和修改爱国公约，订出保证增加生产的具体计划。

热风炉小组在捐献方面，有的从奖金中献出一定数量小米捐献前方，有的决定每人每月捐一定数量小米，一直到朝鲜战争结束时为止。

琉璃河水泥厂职工听了赴朝慰问团代表的报告，知道志愿军在朝鲜前线作战的艰苦以及还需要飞机大炮等武器的消息，在动员会上，就有 205 个职工及家属献金买飞机大炮。

该厂工会、党总支委员会、青年团支部也当场向全体工会会员、党员、团员发出号召。

职工们纷纷提出要在生产上以更新更大的成绩来支援前线。

烧成车间首先提出：

把运转率提到百分之九十四、出勤率提到百分之九十八来向全厂挑战，作为支援前线的实际行动。

北京列车段三十个包乘组，为了响应抗美援朝总会的号召，准备立即开始在列车上发动乘客捐献一架飞机。

西直门派班室的工友，决定在业余时间装卸木料，把所得的全部工资捐献出来。

北京西站电力工区工人杨庭耀写信动员全站职工踊跃捐输。该站工会根据工人的呼声，立即召开了小组长联席会，讨论如何着手检查爱国公约的执行情况。

北京被服厂工人看到抗美援朝总会的号召，都说：

掀起支前高潮

咱们要努力支援前线。早一天把美帝国主义侵略军赶出朝鲜，咱们就能早一天过好日子。

第一缝纫部、第二缝纫部的工人除纷纷捐献外，还说：

抗美援朝是长期的，咱们一定要长期增产捐献。

北京电车公司修造厂工人听了赴朝慰问团代表的报告后，都表示要再加油生产，支持朝鲜前线。他们说：

咱们一定得好好干，支援志愿军，直到把美国侵略军消灭为止。

北京电业局职工纷纷打电话给工会，表示要马上用行动来支援朝鲜前线。

除会计科小组，干部科马仲琰小组及弓鉴民同志等捐献外，文具库、小工房小组等都订出向马恒昌小组应战的条件，要用提高生产来支援前线。

北京电信局计划室职工发起捐献"邮电工人号"飞机运动。

北京自来水公司水表股方增林小组，除了捐献现金以外，更在生产上提出：

> 每月最低要提前两天完成任务。保证不迟
> 到、不早退一分钟。

此外，中央燃料工业部电业管理局、军委民航局和北京市卫生工程局计划室的职工都热烈响应捐献飞机大炮的运动。

中国兵工工会全国委员会号召全国兵工职工，继续深入开展爱国主义劳动竞赛，普遍检查和订立爱国公约；开展爱国增加生产、增加收入的运动，以新增加收入的一部或全部捐献来购买飞机、大炮、坦克等武器。

掀起支前高潮

方纪在京报告美军侵朝暴行

1951 年 6 月 5 日，首都各界人民 4 万多人，于 16 时在先农坛体育场举行欢迎中国人民赴朝慰问团大会。

各界人民冒着炎热的天气，于 14 时即开始列队拥入会场。当慰问团全体团员在军乐声中整队入场、绕场一周行进时，全场响起雷鸣般的掌声和欢呼声以及"向中国人民志愿军致敬"、"向中国人民赴朝慰问团致敬"的口号声。

大会开始，中国人民抗美援朝总会秘书长刘宁一致开会词，对慰问团的胜利归来表示热烈欢迎。

接着，慰问团团长廖承志、副团长陈沂讲话。

他们首先传达志愿军战士对首都人民的问候和关怀，并向首都人民保证慰问团将一定完成第二阶段的任务，向全国人民作报告。他们号召全国人民响应抗美援朝总会的三大号召，积极推行爱国公约，努力增加生产，踊跃捐献飞机大炮，竭力做好优待烈士家属、军人家属工作。

廖团长还号召首都人民率先推动这一伟大运动。

慰问团第五分团副团长方纪向大会作报告。

他生动地讲述志愿军以劣势装备战胜拥有优势装备的美国侵略集团军队的许多可歌可泣的英雄伟绩，到会群众都感到无比的兴奋，频频鼓掌，高呼"中国人民志愿军万岁!"

接着，方纪还用翔实的事件，报告美国在朝鲜犯下的种种残暴罪行。

朝鲜人民军战士洪基万在东部战线某次战役中负伤后，不幸被美国兵俘去，他受尽了世上从未有过的酷刑，但虎口余生，侥幸逃了出来。

洪基万把他在"俘虏收容所"里所受到的虐待和看到的美国兵的暴行全部都说了出来。

洪基万和另外5位军人被两个美国刽子手押着送进"美军大田俘虏收容所"。在去大田的途中，他们就受尽了刽子手的侮辱和虐待。

"大田俘虏收容所"在离大田市3公里的一个地方，周围都是很高的险峻的山崖，美军强迫老百姓为他们砌成4米厚的石墙，里面圈着好几层电网。

到这里的第二天，他们就被带到"审讯室"去，美军的刽子手打着他们，叫他们跪在"审讯官"前面。洪基万因为两腿受了重伤根本不能跪下去，于是刽子手就骂他"捣蛋"，叫嚷着要打死他。

洪基万被拖进"拷打室"，在那里他看到刽子手们正在拷打一位50多岁的老人，这位老人的嘴里流出鲜红的血，不断发出凄惨的叫声。

看到老人受到这样惨无人道的严刑拷打，洪基万的脸都气青了。这时提着皮鞭的刽子手看见他的脸色，就

掀起支前高潮

狂笑着像一头野兽似的指着他说："对你，你这个家伙，我要挖出你的脑子和心来吃掉！"

洪基万被打得死去活来之后，又被他们拖回牢房。

不但这样，这个屠杀场里还关着很多难民。刽子手们天天从难民牢中把一些人拖出来打死或杀死。

美军的这些暴行激起了全场群众的万分愤恨，大家一致高呼"为朝鲜人民报仇"、"打倒美帝国主义"等口号。

在大会主席宣布了天津仁立实业股份有限公司为响应抗美援朝总会号召，捐献"仁立号"喷气式飞机一架的消息后，北京市工商联合会筹备委员会主任委员傅华亭向大会宣布：

> 首都工商界将争取捐献一队飞机和一批大炮、坦克，并保证做好优待烈属军属工作，使前方指战员无后顾之忧，全力消灭敌人。

大会在市民代表的献花和全场的欢呼声中结束。会后由慰问团文艺工作团演出各种精彩的节目。

当天，参加中国人民赴朝慰问团的解放军代表举行座谈会，交谈此次赴朝慰问的印象和感想。

参加者包括空军部队、装甲部队、后勤部队，以及华东、中南、西南、西北、华北、山西、河北、绥远、察哈尔、新疆和内蒙古各军区的代表，他们随中国人民赴朝慰问团总团和各分团到达了朝鲜的前线和后方，广泛地接触了朝鲜人民和中朝人民部队。

在座谈会上，代表们一致认为：朝鲜的胜利一定属于正义的、为反抗美帝国主义侵略而战的中朝人民部队。但是中朝人民部队面前的敌人暂时还保持着装备上的优势，还有一定的有生力量，因而使战争不能不带有相当的长期性、残酷性和艰苦性。解放军代表认为我们全国解放军同志，必须学习朝鲜人民军和中国人民志愿军那种英勇顽强艰苦奋斗的崇高精神。

解放军代表在中朝人民部队里，学习到了很多东西，就以对付敌人飞机一项来说：自从中朝部队普遍展开对空射击运动后，敌机被击落的数字迅速增加，敌机猖狂的气焰被大大压低。

中国人民志愿军的高度的革命乐观主义精神，使解放军代表深为感动。在前线作战的战士们说：

飞机不能下来抓俘虏，兵舰不能驶上岸，坦克不能进山洞，怕啥？

他们又说：

大山挡不住我们，河流阻止不了我们，飞机大炮吓不倒我们！

掀起支前高潮

103

在中国人民志愿军中，从指挥员到战士，从上到下，充满了胜利的信心。他们互相挑战，争取立功，个个希望得到"朝鲜解放纪念章"。

他们要解放军代表转告祖国人民：

我们绝不会玷辱中国人民志愿军这个光荣的称号，不将美帝国主义侵略军赶出朝鲜，决不回国！

最后，解放军代表说：

全国解放军应该学习志愿军高度的革命英雄主义、爱国主义与国际主义的精神，接受朝鲜战场上军事、政治与后勤工作方面的经验，加强我们建设国防的教育，加强近代化作战技术的学习，提高警惕。任何帝国主义者要是敢来侵犯我们祖国神圣的国土，它从哪里进攻，我们就将它消灭在哪里！

6月6日，中共中央华北局和中央人民政府华北事务部，联合宴请了中国人民赴朝慰问团华北分团的全体代表与工作人员。

宴会由中共中央华北局刘澜涛同志主持。与会者有华北局组织部部长刘秀峰，华北抗美援朝总分会主席聂真，中央人民政府华北事务部副部长陶希晋，赴朝慰问团华北分团团长张明河、副团长朱继圣及慰问团代表等80多人。

宴会开始后，刘澜涛同志致辞，他希望各代表到华北区各县、旗、市和重要矿区，把中国人民志愿军和朝鲜人民军艰苦奋斗、英勇作战的事迹，告诉华北人民，推动各地的抗美援朝运动，广泛掀起爱国主义的捐献武器运动。

刘澜涛讲话后，华北分团的全体代表一再表示，决心完成抗美援朝总会的号召，深入华北各县、旗、市，做好传达工作。

慰问团归国后展开的这些工作，掀起了国内支援前线的高潮。

掀起支前高潮

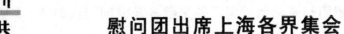
慰问团出席上海各界集会

1951年6月1日上午，中国人民保卫世界和平反对美国侵略委员会举行第五次常务委员会议。

出席的有该会副主席彭真、陈叔通，常务委员张奚若、刘宁一、彭泽民、许德珩、梁希、罗隆基、蒋南翔以及该会各部负责人，中国人民赴朝慰问团团长廖承志、副团长陈沂、田汉及各分团负责人等共50多人。

首先，会议听取赴朝慰问团的工作汇报，讨论关于推行爱国公约、开展捐献飞机大炮运动及优待革命军人家属等问题。

会议一致通过向全国人民发出关于推行爱国公约、捐献飞机大炮和优待革命烈士家属、革命军人家属的号召。会议一致指出，慰问团这次赴朝工作有极大成绩，并责成慰问团分赴全国各市、县、旗报告这次赴朝慰问的经过和志愿军在朝鲜英勇艰苦作战的情况，动员全国人民发挥高度的爱国主义热忱，再接再厉地深入开展抗美援朝运动，争取抗美战争的最后胜利。

6月16日，上海市各界42万人举行大会，邀请赴朝慰问团代表们出席并作报告。

各界人民听了报告之后，纷纷表示要捐献飞机大炮。全市纺织工人决定以增产捐献"上海纺织工人号"飞机。

上海海关职工决定捐献一架"中国海关号"飞机，并且当时已捐款3.06亿元。

上海海员工人发起捐献一架"华东海员号"飞机。

上海手工业工人发起捐献一架"上海手工业号"飞机。

食品工人除提出以增产捐献外，并保证做出卫生的和富有营养的食品，供应人民志愿军。

全市中小学校和社会教育工作者保证完成捐献两架"上海教工号"战斗机。光明中学教职员已捐献了1200多万元，该校并决定在下学期设置免费生60名，专收革命烈士和革命军人的子女。

赴朝慰问团陈沂副团长在华东军政委员会直属机关工作人员大会上作报告。

他在报告中说：

> 现在我们的志愿军战士们，在以"炒面加步枪"的情形下，已能屡次给予在装备方面占优势的头号帝国主义军队以沉重的打击。假如我们积极捐献，支援前线，战士们有了"大米加飞机大炮"，那么早日获得胜利是可以肯定的。

掀起支前高潮

陈沂的报告得到了全场热烈的响应。

华东军政委员会宋日昌副秘书长在会上宣布：

华东军政委员会机关全体工作人员决定争取捐献一架名为"华东军政委员会号"的战斗机。

妇女界在听了慰问团代表们报告美国侵略军残杀朝鲜妇女儿童的滔天罪行后，决定用增产来捐献"上海妇女号"飞机。

江宁、榆林等区的家庭妇女参加缝衣、洗衣、糊信封等副业生产，决定把生产所得与节省的零用钱捐献出来。

上海工商界听了慰问团陈巳生分团长等报告后，进一步认清了美帝国主义是中国民族工商业的死敌，并表示要检查各行各业的爱国公约，根据各企业的具体情况，订出改善经营、增产捐献的计划。

文艺界、宗教界、福利救济界和医务界在听了报告后，也都表示要踊跃捐献飞机大炮。

6月18日，华东及上海市各界代表1.2万多人集会欢迎中国人民赴朝慰问团第二、三分团及中华杂技团。

大会主席刘长胜致欢迎词，他说：

慰问团的到来，必将使我们华东区及上海市抗美援朝爱国运动进一步走向深入。我们华东区及上海市人民一定要拿出力量、发挥智慧，以增加生产和增加收入的方法，捐献大量的飞机大炮，更有力地支援前线。

在这次会上，陈沂副团长、第三分团团长陈巳生、第二分团副团长陈播、直属分团代表雷洁琼、赵国有、凌其峻等都作了报告。

陈巳生在报告中，特别号召上海市工商界要踊跃捐献飞机大炮支援前线，在捐献运动中争取全国第一。

他们的报告一再被掌声及欢呼声打断。

6月24日早晨，陈沂率直属分团一部分代表和中华杂技团由上海乘车去南京。到车站欢送的有华东抗美援朝总分会副主席沈志远等各界代表300多人。

代表们在上海期间曾出席各界人民的许多集会，报告中朝人民部队的英雄事迹。

中华杂技团在沪共举行义演四天，将收入所得的2.9亿多元全部捐献购买飞机大炮。

掀起支前高潮

廖承志发表《必须胜利，必能胜利》

1951年6月底，中国人民赴朝慰问团华北分团代表57人，开始分赴华北五省，向各地人民报告赴朝慰问经过，讲述中朝人民部队英勇打击美国侵略者的光辉事迹。

慰问团还协同各地抗美援朝分会，发动全华北7000万人民，响应抗美援朝总会号召，大力推行爱国公约、捐献飞机大炮及优待烈属军属三大爱国运动。

为使这次工作普遍深入，该团原华北代表与北京、天津两市代表32人，亦分赴华北五省协助各省代表工作。他们工作的地区，是各省的直属市、重点工矿区及老区重点农村，如河北省的阜平、平山，山西的武乡、左权，平原省的濮阳等地。

原各省的代表，则将普遍深入到各县，结合当地工作，广泛开展宣传，发动群众，以推进全华北区的抗美援朝爱国运动。

慰问团的工作起到了立竿见影的作用，社会各界纷纷捐款捐物，支援前线。

6月25日，中国人民赴朝慰问团团长廖承志发表了题为《必须胜利，必能胜利》的文章。

廖承志在文章中说：

朝鲜人民解放战争爆发以来已一周年。在这一年当中，朝鲜人民军和中国人民志愿军并肩作战，给美帝国主义为首的侵略军以沉重的打击，取得了伟大的胜利。中国人民赴朝慰问团在朝鲜工作的期间，亲眼看到了朝鲜人民和中国人民志愿军是怎样取得这一胜利的。

……

每一个慰问团团员对战斗的朝鲜人民感到前所未有的钦佩和敬爱，并且深深感觉到为这样勤劳、朴素、勇敢的人民，为了他们的自由和他们并肩作战，在他们的土地上流血，乃是非常光荣的。

廖承志接着指出：

慰问团在朝鲜看到了残暴的美国侵略者所加予朝鲜人民的严重破坏与残酷屠杀，深深感觉去年十月我国对美国侵略朝鲜不能置之不理，乃是完全正确的英明决断；否则今天鸭绿江以北，也就完全可能变成和朝鲜北部一样，成为一片废墟了。中国人民志愿军全军将士在跨过鸭绿江的第一步，就深深体验到这一真理，因而发挥了高度的爱国心……中国人民志愿军是一支具有高度思想性的，具有优秀品质的，为

掀起支前高潮

正义而战的军队。指战员们都深刻了解抗美援朝与保家卫国是不可分的，而抗美援朝的战争是保卫和平反对侵略的正义战争，代表着全中国全东方乃至全世界劳动人民的共同愿望，因此这战争必须打胜，不能打败，而且也一定能打胜，不会打败。因此他们充满着乐观情绪。

廖承志强调指出：

我国人民应该充分认识朝鲜人民解放战争与我国人民的和平幸福的密切不可分的关系，从而必须以更大的热情来全力支援抗美援朝的革命战争，使战争的胜利更早到来。而缩短战争的最快道路，就是做长期作战的决心和准备。只有这样，我们才能够不松懈、不急躁，更积极地为取得战争的胜利而努力。

廖承志最后真诚地说：

我国人民在全国各地响应抗美援朝总会的号召，发起了捐献飞机大炮给中国人民志愿军的运动，到现在为止，全国各地人民捐献的飞机已达一千多架。这是我国人民的爱国主义与国际主义精神的具体表现。以这样团结巩固的四亿七千五百万人民的力量来支援朝鲜战争，朝鲜战争的胜利前途就更确定无疑了。但是，支援才在开始，它只走了第一步。这个运动还有待于继续扩大和深入，才能确保朝鲜前线的勇士们能拥有不但足够而且丰裕的武器和物质条件。我国人民必须认识到，今天在鸭绿江以南所进行的战争的每一步，都是与我国的今后命运息息相关着的。这战争必须胜利，必能胜利，但必须加上我们时刻不懈的努力，才能促成它的完完全全的实现。让我们以更大的努力，为祖国、为朝鲜人民、为全世界爱好和平的人民的幸福而斗争吧！

廖承志的这篇文章引起了巨大的反响。

在志愿军出国作战的同时，全国掀起了声势浩大的"抗美援朝、保家卫国"的伟大的爱国群众运动。

广大青年踊跃参军，到处出现了母亲送儿子、妻子送丈夫、兄弟争相入伍的动人情景；成千上万的民工、铁路员工、汽车司机、医务工作者奔赴朝鲜前线，担负各种战地勤务。

在党和人民政府的号召下，全国开展了爱国捐献、爱国公约和爱国增产节约运动。各界人民为志愿军购买武器捐献的资金就达5.56亿元，相当于购买3700架飞机的价款。工人和农民努力生产，厉行节约，为战争提供了大量物资。

掀起支前高潮

慰问团各分团分赴各地作报告

1951 年 6 月中旬，中国人民赴朝慰问团各分团代表在上海、南京、武汉、西安、新乡等地向各界人民普遍进行传达报告，听众极为踊跃。

第三分团和取道上海的第二分团代表，自 16 日至 25 日在上海即作了 189 次报告，听众共计 170 万人。

各分团代表的报告，对于提高各地人民群众的政治觉悟和爱国热情，以及推进抗美援朝爱国运动的深入开展，起到了显著的作用。

上海市各界人民在听了慰问团的报告以后，纷纷响应捐献飞机大炮运动。全市职工和郊区农民已积极行动起来进行增产竞赛运动，力求早日完成他们的捐献计划。

西安市许多学校、机关、市区居民在收听欢迎慰问团大会广播时，听众当场即自动献出了 6540 万元购买飞机大炮。

华东军区和第三野战军驻南京部队的指战员代表，在听取慰问团代表的报告后，立即在所属单位进行传达。各单位指战员都表示：

要学习中国人民志愿军的爱国主义和国际主义精神，努力提高军事技术和政治水平，以巩固国防，保卫祖国。

武汉市郊区农民纷纷冒盛暑赶赴市区听报告，翻身农民陈发林在听完报告后，将自己的草帽取下来送给慰问团代表说：

> 请你带着我这顶草帽到乡下去宣传，号召中南区老百姓增加生产，捐献飞机大炮，打倒美国侵略鬼子！

各地农民在听了慰问团代表的报告后，进一步加深了对于革命烈士家属和革命军人家属的关切和责任心。

上海市吴淞区农民提出今后要做到首先耕好烈士家属、军人家属的地，然后再耕自己的地。

武汉市郊区兴农、广福两乡农民增订爱国公约，明确提出保证帮助烈属、军属及志愿军家属种好田地，得到丰收。

另外，新乡市天主教公教医院等决定为烈属、军属免费诊治。

南京丁家桥居民特地打电话给慰问团代表，请他们转告志愿军不要惦念他们的家人，他们说：

> 我们保证要照顾志愿军指战员的父母儿女，如同照顾我们自己的父母儿女一样。

掀起支前高潮

　　赴朝慰问团第二分团全体团员及总团直属分团、第七分团部分团员一行55人，于6月27日由汉口乘飞机抵达重庆。他们在重庆同样受到了热烈的欢迎。

　　7月2日，中国人民赴朝慰问团第一分团全体代表离西安转赴陕西、甘肃、青海、新疆、宁夏等省进行宣传。该团全体代表自6月20日抵达西安后，曾分别向西安市各界人民作了67次报告，听众达16万多人。

　　各界人民听了代表们的报告后，纷纷以实际行动响应抗美援朝总会的三大号召。

　　陇海铁路长安工务段的职工家属成立了洗衣小组，以洗衣所得捐献购买飞机大炮。

　　十一区三乡的农民除表示积极增产捐献武器外，决心做好代耕工作，同时将新的公粮晒干，全部按时入仓。

　　十二区以种菜为生的葛发义老夫妇，听了报告后也捐出了积蓄30万元。

　　东南中学的学生在听了报告后，立即组织慰问组准备经常慰问革命烈士家属和革命军人家属。

　　工商界人士听了报告后也更加关心军属和烈属。

　　在报告会上，手纺业当场捐出优抚款800多万元。

　　7月5日，中国人民赴朝慰问团第一分团李敷仁团长、周鲸文、扎克洛夫副团长及团员等81人，于当天下午抵达兰州，受到该市各族人民的热烈欢迎。各民族人民联合举行10万人的盛会，表示欢迎。

中国人民赴朝慰问团第三分团代表，自6月底至7月初，分别在芜湖、青岛两市进行传达报告，受到当地人民的热烈欢迎，并推动了当地抗美援朝运动的深入发展。

芜湖市志愿军家属黄淑英听了报告后，当即写信鼓励在朝鲜养伤的儿子说：

> 你在朝鲜前线英勇战斗负伤是光荣的，望你好好休养，争取早日回到前线，消灭更多的敌人！

已经顺利实现120天不出事故的明远电厂工人听了报告后，又提出了一个120天的安全保证。

市郊清水河的农民在听报告时，当场就捐献出旧币1000多万元，并保证实现当年的丰产计划，做好优待革命烈士和革命军人家属的工作。

萃文中学学生听了慰问团代表报告朝鲜青年保卫祖国的各种英雄事迹后，在半天中就有30多个学生报名投考军事干部学校。

工商界各行业在报告后立即集会，讨论工商界增产捐献武器的具体计划。大家一致保证，要超过1架飞机和1门大炮的捐献目标。

赴朝慰问团总团陈沂副团长率领第三分团代表33人，于6月30日至7月3日，在青岛向各界人民作报告

掀起支前高潮

60 多次，听众超过 20 万人。

他们的报告，对于青岛市各界人民进一步开展抗美援朝爱国运动，完成捐献武器计划，巩固伟大祖国的国防，起了很大的推动和鼓舞作用。

7 月 11 日，为了争取朝鲜问题的和平解决，继续巩固国防，保卫远东的和平，《人民日报》发表了中国人民赴朝慰问团中南分团青年代表张岫峰的一篇文章。

文章通过介绍赴朝慰问团代表作传达报告的一些经验，给各地代表提供了参考，在一定程度上推动了爱国运动向前迈进。

就这样，赴朝慰问团把志愿军和朝鲜人民军怎样克服一切困难的办法，战胜在装备上优于我们的敌人的情形，清楚地告诉国内的听众，使大家知道应该怎样支援志愿军。

毫无疑问，朝鲜战争能够取得最终的胜利，有慰问团的一份功劳。

参考资料

《国史全鉴》本书编委会编 团结出版社

《抗美援朝的故事》贺宜等著 启明书局

《抗美援朝战场日记》李刚著 解放军文艺出版社

《血与火的较量：抗美援朝纪实》栾克超著 华艺出版社

《烽火岁月：抗美援朝回忆录》吴俊泉主编 长征出版社

《开国第一战：抗美援朝战争全景纪实》双石著 中
共党史出版社

《三十八军在朝鲜：抗美援朝战争纪实》江拥辉著
辽宁人民出版社

《三十九军在朝鲜：抗美援朝战争纪实》吴信泉著
辽宁人民出版社

《伟大的抗美援朝运动》中国人民抗美援朝总会宣传
部 人民出版社

《我们见证真相：抗美援朝战争亲历者如是说》杨凤
安 孟照辉 王天成主编 中国人民解放军出版社

《抗美援朝运动中的社会动员》侯松涛著 中共中央
党校出版社

《转战局：抗美援朝战争第二次战役》石磊主编 中
国环境科学出版社